JN117461

シナリオ

それぞれの、夏／いつもの、あなたと私

堂 市一
DO Ichiichi

文芸社

目次

それぞれの、夏

あらすじ

大崎吾市（64）は、妻に先立たれ、寂しさを抱えて、一人で暮らしている。嫁いだ娘もめったに顔を出さない。

ある日、坂川典子の兄から手紙が届く。それは「お元気ですか」と書いてあった吾市からの年賀状を見て、彼女が死亡したことを知らせる手紙であった。

吾市の一日が始まる。一人だけの食事。「今日は何をして過ごそうか」と衣服を着替えながらの独り言。坂川典子の死もあり、吾市は寂しさや退屈な一日から逃れるように街に出る。しかし用事といえば下着の購入と、所有しているアパートの入居者からの入金状況を調べるぐらいなものだった。

高森悦子（49）は独身で、施設の厨房で働いている。母親との二人暮らしであるが、母親は入院中である。

目が覚めたら母が亡くなっていたというのが一番いい。介護に疲れて、そんな心境の悦子は、家庭のある男、須田正明（55）と交際している。連絡のない須田に、「私は、あなたが好きなだけですから。……フフ、つながりなんて、はじめから分かってること」との複雑な思いを抱いている。

小黒幸二（23）は、手足に軽い障がいがある。能力も遅れがあり、それらを受け入れられない父親に酷い態度をとられ続けている。母親とも心の交流はなく、幸二に家庭の居場所はない。行き場がなく、街をふらふらしていたとき、食堂で中岡章司（31）と出会う。幸二が無銭飲食の真似事をしたため、その場に居合わせた中岡章司が代金を払ってくれたのだ。しかし店外の路上で「今日、はじめて話した」という幸二に、「離れてくれ」と冷たく突き放す章司。

章司は寺に寄って亡き母のお参りをし、仕事を求めて道東の小さな町に行く途中である。しかし、章司は予定を済ませても駅には向かわず、公園に向かう。その公園には山内芳美との思い出がある。一緒になりたいと思い「あなたがいるから、あなたとなら素直になれるし、頑張れる」という章司に、「分かってくれるときはいつか来ると思うから」と公園を去る芳美。

今、公園のベンチに、吾市、悦子、幸二、章司が座っている。章司と幸二は食堂で、その二人と吾市は路上で、その三人と悦子は公園で出会い、ぽつりぽつりと会話を交わす。心情や生活の様子が断片的に語られていく。

駅に着いて、親には用事はなくても顔を見せたり、声を聞かせたりした方がいいと自分の置かれた心情でもある思いを吐露する吾市に、「何だよ、分かりもしないで。おれの親のことを知っているのか?……」と声を荒らげる幸二。そんな幸二に「帰れ、もう帰れ」と怒る章司。その後、吾市、悦子、章司は駅に向かう。一人残される幸二。

駅構内での別れの際、悦子は章司に「良い出会いを……」「これからですものね」と励ます。「元気でいてください」と悦子に答える章司。そこに幸二も姿を見せ、四人で駅での別れを迎える。

登場人物

大崎　吾市（ごいち）（64）（62）　寡夫
高森　悦子（えつこ）（49）（47）　厨房職員
中岡　章司（しょうじ）（31）（27）　フリーター
小黒　幸二（こうじ）（23）　無職
大崎　礼子（60）　吾市の妻・故人
高森チヅ子（80）　悦子の母
中岡　隆（57）　章司の父
　　　陽子（55）　章司の母・故人
小黒　秀勝（52）　幸二の父
　　　明子（50）　幸二の母
坂川　典子（60）（30）　故人
須田　正明（55）（53）　会社経営
山内　芳美（31）
木村　文子（65）

本間（45）大家
野村（35）漁師
高山（40）運転手
石川（25）助手
初老の女Ⅰ
初老の女Ⅱ
女将
店主
食堂の男女
公園の男女

○常磐公園―旭川市

枝を広げた樹木が周りを囲むように茂っている。東屋や花壇があり、池には噴水。親子でボートを楽しむ姿がある。

そのほとりに二つのベンチがあり、一つに大崎吾市（64）と中岡章司（31）、隣のベンチには高森悦子（49）と小黒幸二（23）が腰掛けている。横並びで、正面の池に顔を向けている。

吾市、中折れ帽を被り、脇にやや小振りの革製のリュックを置いている。

額の汗をハンカチで拭いて、

吾市「（前方を見たまま）これも縁？　ハハ、みんな、どこかでつながってる。そう思えたらいいのですけどね」

章司、ふと視線を池面に落とす。そばには膨らんだスポーツバッグがある。

×　　×　　×

池面には青空、白い雲、樹木の長い影が映っている。

吾市の声「いま、遊んでます？」

章司の声「はい？……」

幸二の声「（自嘲気味に、小声で）クク、遊んでないで働け」

×　　×　　×

野球帽を被っている幸二。

その隣の、章司側に座る悦子、つばの広い帽子を被り、幸二との間にトートバッグを置いている。

悦子の心の声「言葉を交わして始まったこと。なしのつぶては、とてもこたえました。私、あなたが好きなだけですから。……フフ、つながりなんて、はじめから分かってること」

×　　×　　×

池には鯉が群れている。池面をV字に切って進む数羽のカモもいる。

吾市の声「夜中にトイレに起きましてね、窓からじっと夜空を見上げて、雲の流れを見ても、何だかね、いいもんです、ハハ」

×　　×　　×

吾市と章司、じっと前方を向いたままで、

章司「あの……」

吾市「はい？」

章司「あのようなことは言えません。みんな、どこかで、そう思えたらいいとか……」

吾市「ハハ、聞いてましたか?」
章司「聞こえました」
吾市「……おかしいですか?」
章司「そうではなくて……」
吾市「はい?」
章司「私など、あいつらの一言でくくられます」
吾市「そんな……」
章司「……」
吾市「それは、実際どうでしょう?」
章司「そのような思いになったら、何だかすごくまずいような、それだけです。……すみません」
隣のベンチの悦子、幸二、
悦子「(ぽつりと)フフ、私も同じ」
幸二「気の毒に、ククッ……」
悦子、ちらっと幸二に目をやる。
幸二「(気圧されたように)おれも……」

章司、吾市、前方を見たままで、

章司「（気まずく）あの……」

吾市「はい？」

章司「決して、おかしいとか、そういうのじゃないですから」

吾市「はい。ですから、ハハ、良かったです」

章司「……」

吾市「謝ることはないんです。余計なことを言いました」

章司「（視線を落として）……」

吾市「暑いですね」

隣のベンチの悦子と幸二、

悦子「（呟く）暑い……」

幸二「ククッ……（小声で）気の毒に」

二つのベンチに座る、吾市、章司、悦子、幸二。

前方の、池面を見ている吾市。

○　大崎家・寝室（その日の早朝）

カーテン越しに、夜明けの白々とした外の様子が窺える。

吾市、ベッドで眠っている。枕元の蛍光スタンドは点いたままである。

吾市のだらりと伸びた右手の先に、手紙が開いたままになっている。

亡き妻・礼子（60）、ベッドの脇に浮き出てくる。手紙に手をかざし、眠る吾市を見つめる。

○同・和室（吾市の夢）
小さな仏壇の前に、フレームに入った礼子の写真が立て掛けてある。

吾市、線香を立て、りんを鳴らす。

吾市「ああ（驚く）」

仏壇から離れて、
吾市「三月いっぱいでここを引き払うんだった、忘れてた。もう四月になる。家賃払ってない。大家さんに言わないと。ええ（困った）、アパート探さないと」

○同・寝室（早朝）
目を覚ます吾市。

礼子の声「若いつもりでいる。思い出してるの？」
礼子の声、吾市には聞こえない。
吾市、手紙を蛍光スタンドの脇に置き、灯りを消す。

○　同・一室（吾市の夢）

瀬戸の置物や絵皿が棚に飾ってある。
礼子、真ん中に置かれたテーブルで絵ハガキを描いている。草木の水彩画で、仕上がったハガキが数枚テーブルに置かれている。
吾市、礼子の背後に立ち、
吾市「……夢で良かった。右折しようとして、危なく事故るところさ。雪が降るんだ、夏なのに」
礼子「（絵を描き続けて）……」
吾市「ハハ……まり子が遊びに来て、泊まるというから、早く帰れって、帰した」
礼子「良かったわね」
吾市「何が？……待ってても来やしない」
礼子「家庭を持ってるのだから、何の問題もない」

吾市「……すごく不安になって、ざわざわして、胸が重苦しくなるんだ。目覚めはいつも……」
礼子「(遮って) 勝手ね」
吾市「勝手? 夢の中にまり子が出てきて秋田に引っ越しすると言うんだ。一人で、秋田に。なぜ一人なのか、なぜ秋田なのか、訳分からん。一人で寂しくないかと聞いたら平気だと言う。もう戻らないと言うんだ」
礼子「だから?……」
吾市「娘なのに。……訪ねてくる者もいない」
礼子「率直に語り合える友人もいない。でしょ? 今日という日を気持ちよく過ごせますように」

○ 同・寝室 (早朝)
目を覚ましている吾市。

○ 同・寝室・表 (早朝)
蛍光スタンドの灯りが点き、カーテンが半分開かれている。窓越しに、上体を起こし、

　手紙を読む吾市の姿が見える。
男の声「突然のお手紙をお許しください。私、典子の兄、坂川辰夫と申します」

○　同・寝室・内（早朝）
　吾市、手紙を読んでいる。

辰夫の声「実は、妹は去る四月二十日に死去いたしました。遺品を整理していましたところ、大崎様からの年賀状を拝見し、お元気ですか、との文言。お返事しなければと思い、お手紙をお送りした次第です」

　そばに礼子が立っている。

○　アパート・玄関・内
　T『三十年前』
　横長の郵便受けがある。部屋ごとに区切られ、〝大崎〟と書かれたその中に白い封筒が入っている。
典子の声「あなたを身近に感じられません。今までにない距離感を覚えています。私のことを少しでも思う気持ちがあれば安心するのに……」

○大崎家・寝室（早朝）

手紙を手にしてベッドに腰掛けている吾市。そばに立つ礼子。

浮き出てくる亡き典子（30）。

典子の声「離れるなって、一緒に死ねるかって……」

典子の姿も声も、礼子と同様で、吾市には見えないし、聞こえない。

手紙を読む吾市、溜め息をついたりする。

そばで見つめる礼子。

典子の声「でも悪く言えない。言えるわけない」

典子の姿、もう一人の典子（60）に変わって、消える。続いて礼子。

○同・トイレ・表（夜・二年前）

礼子の声「洗面器持って来て。吐き気がする」

○同・トイレ・内（夜）

礼子、便座に座っている。下着を膝まで下ろし、その膝の上に金盥を置いて顔を俯けている。苦しそうに嘔気を催している。

○　病室

窓側のベッドに礼子がいる。外から見えないようにベッドの周りにはカーテンが掛かっている。

礼子、パイプ椅子に座る吾市（62）に、

礼子「洗面器を持って来てって言ったのよ。ひどいんだから、金盥だなんて。重たくて持ってるだけで大変」

吾市「とっさだったから。目に入ったのを持って行っただけだ」

礼子「それだけじゃない。私が手術したら、あなた冷たくなった。私を気持ち悪そうに見た」

吾市「そんなことない」

礼子「顔をしかめてた。痛いのに、がまんしろって、簡単に言った」

吾市「そんなことない」

礼子「めそめそ泣くなって怒った。自分は良くて、相手はダメ。そういう冷たいところある」

吾市「そんなことない」

礼子「それなら、これは？　私が病気になっても、夕食どうするんだって。スープの一つぐらい作ってくれてもいいわよね。心配じゃなかった？　休ませてあげたいと思わなかった？」

吾市、口を尖らせて息を吐く。

吾市「口で負けるから」

礼子「そんなの嘘。嘘でも嘘と思わせないように言える、達者な口してる」

吾市「そんなことないって」

○大崎家・表（その日の朝）

門構えの家である。表札に〝大崎吾市〟とある。

○同・和室（朝）

仏壇に蝋燭が灯り、線香が焚かれている。

○同・台所（朝）

吾市、トーストを一口食べ終える。

テーブルには、スープ、野菜のマリネ、ゆで卵、ヨーグルトが並んでいる。

吾市「（独り言）朝の果物は金で、昼は銀、夜になると銅。野菜があるか……。（マリネに手を伸ばして）そうか、亡くなったか……」
食べずにいる吾市。

○同・トイレ・表（朝）
水の流れる音がする。

○同・居間（朝）
ズボンを脱いだ吾市、替えの、丈の短いトランクスの股間を伸ばして、履いている同種のパンツ、股間が少し濡れている。吾市、それを脱ぎ、履き替えて、
吾市「（独り言）これじゃな。見えないからって油断できない」
吾市「買うったって、こんなこと考えたこともなかった」
体をふらふらさせ、新たなズボンに片足を通す。
吾市「今日は何をして過ごそうか。……待っててくれる人もいない」
×　　×　　×
吾市、ソファに座り、手にした用紙を見ている。縦に十人の名前、横に月別の家賃の

入金状況が記されている。七月までの金額欄に未記入が数か所ある。そばのテーブルには預金通帳。

吾市の向かいの棚にレターラックが置かれている。吾市、ふとそれを見る。

斜めに入った白い封筒。

用紙をテーブルに置いて、吾市、レターラックに近づき、封筒をまっすぐに入れ直す。

○同・表

玄関扉が開く。

中折れ帽を被り、やや小振りの革製のリュックを片方の肩に掛けた吾市、出てくる。

○常磐公園（現在）

池のそばを歩く吾市、悦子、幸二、章司。

目を伏せて歩く悦子。

○高森家・表（その日の早朝）

二階建てだが、古くて、こぢんまりとした三角屋根の家。

ベランダの前に庭があり、そこに悦子がいる。

○ 同・庭（早朝）

樹木や草花はなく、野菜が一列ずつ植わっている。トマト、きゅうり、なす、ブロッコリー、トウモロコシ、小松菜、人参、枝豆、ほうれん草などである。

ベランダの近くには物干しがある。

悦子、草取りの用具を片手に、一列ずつ野菜を見て回っている。

悦子の心の声「何をしてもしなくても一日は過ぎていきます。何だかいい気分。幸せだと思います。日常の営みや喜びが一番だとつくづく思います」

悦子、雑草を抜く。また抜く。

悦子の心の声「沈黙のあなた、きっとあなたにはいっぱいの人生があって、そうですよね」

○ 同・居間（およそ二年前）

ベランダのガラス戸越しに物干しや庭が見える。物干しに小鳥が止まっている。

悦子（47）、布団を持ってベランダに近づき、物干しの小鳥を見つけて立ち止まる。

子猫もついて来る。

悦子「餌探ししないと生きていけないよ。そこさぁ、お布団干したいんだけどな」

一歩前に出る。

悦子「おーい、おーい、逃げないの？」

もう一歩前に進んで、

悦子「おーい、聞こえるかい？　どこの巣から来たの？　一休みしてるのかい？　殺られるよ。チッチもいるよ」

隣室から、

チヅ子の声「誰と話してるの？」

悦子「ン？（声の方を見る）」

チヅ子の声「誰かいるのかい？」

飛び立つ小鳥。男の姿がガラス戸の隅にちらりとのぞく。

○同・庭

男が庭の端を歩いている。須田正明（53）である。その後に木村文子（65）が続く。

須田と文子、野菜を見て話している。

悦子、ガラス戸を開け、出てくる。

文子「悦ちゃん、ちょっと見せて」

悦子「はい」

と須田と文子に近づく。

須田「いや、何を作ってるのかなと思って」

名刺を取り出し、

須田「木村さんのお宅に、うちの者、お世話になってます」

悦子、頭を下げて受け取る。

文子「話したでしょ。知ってるわよね」

頷く悦子。

笑顔の文子。その笑顔に、

文子の声「二階の部屋、貸すのよ。山に入って調査するんだって。お弁当とか、食事の用意もあるし、朝早いからね。現金で払いますって二度も言われて、ちょっと嫌な感じしたけど」

須田、文子、悦子、足元の野菜を見ながら話している。

○ 高森家・庭（その日の早朝）

野菜を見て回る悦子。

須田の声「今の自分の気持ちを大切にしないでどうするのですか？」

悦子の声「迷います。ブレーキがかかります」

須田の声「迷って良いのです。その気持ちを大切に……」

悦子の声「どうしてそんなに優しいのですか？　私、そんな柄じゃないし、そんなことしたら悪いことが起こります」

須田の声「……」

悦子の声「罰が当たります」

須田の声「はぁ、そうですか。分かりました」

悦子の声「でも、私、来る者拒まずだから……」

○ 同・庭（およそ二年前）

麦わら帽子を被った悦子。小さなスコップと草取り用の金具を持っている。そばに立つ須田。

悦子「去年はトウモロコシ、実が小さいので細かくして、肥料にしたんです」

須田、悦子、足元の野菜を見ている。

悦子「混みすぎた植え方したのね」

須田「難しいんだ」

悦子「草取り大変だから植えただけ。欲張りですね」

須田「（悦子を見て）一石二鳥だ」

悦子「はい、適当にやってるんですけどね。ちょっと難しいのはほうれん草」

須田「ほう」

悦子、笑顔になって、

悦子「石灰がいっぱい必要で……」

笑顔を返す須田。

○同・庭（その日の早朝）

悦子、腕時計を見る。五時を過ぎている。

悦子の心の声「自信を持ちなさいと励ましてくれたあなた。会いたいとか、話がしたいとか、積極的だったあなた。私、真剣に考えました。もうないと思ってたから。ターゲット？　フフ、騙されたと思うことにしてるから大丈夫。私、何も変わってません。事務の仕事をしてるって、フフ、嘘」

○施設・厨房（半年前）
作業衣の悦子、働いている。

壁掛けの電話で話していた女性、受話器を耳から離して、
女性「高森さん、電話」

悦子、仕事の手を止める。

文子の声「（受話器を通して）母さん、救急車で運ばれたよ。今、市立病院。悦ちゃん、来られるかい？」

○市立病院・表
外を見ている、風除室にいる文子。

悦子、そこに向かって足早に歩いている。

○同・風除室
自動ドアが開いて、悦子、入ってくる。

悦子「おばさん……」

　そばに来た悦子に、文子、

文子「いま診てもらってる」

　頷く悦子。

文子「母さん、自分で救急車呼んで、窓を叩いてたんだよ」

悦子「自分で?……」

文子「そうだよ。窓もだよ。何事かと思った」

悦子「(恐縮して) お世話かけてしまって……」

　出入り口の自動ドアが開く。文子、院内へと向かう。悦子、従う。

文子「かかりつけの病院ありますか、って聞かれてもはっきりしたこと言えないしさ」

悦子「すみません、迷惑かけて」

文子「そんなことはいいけど、びっくりだよ」

悦子「あまり食べないし、熱が出たりして、重苦しいなんて言ったりもしてたんだけど……」

文子「歳だから怖いよ」

○高森家・庭（その日の早朝）
　庭での悦子。
悦子の心の声「今日が良くても明日は分からない。朝が良くても午後は分からない。年寄りは分からない。だから疲れます。なかなか会えませんね。何だか遠くのことに思えます。私もめまいがして、病院では首など打ったことないかと聞かれました。私、頭悪いから脳かもしれません。すっきりしないけど、職場では大丈夫でした」

○厨房（半年前）
　働く悦子。
悦子の心の声「相変わらずです。お忙しいんでしょ？　私の母が……」

○病室
　四人部屋である。

　廊下に近いベッドに高森チヅ子（80）がいる。足の甲から点滴を受けている。じっとしていられず、上体を左右に振ったり、起こそうとしたりする。

　チヅ子、頭の近くの壁を叩く。

チヅ子「娘を呼んでくれ。娘を……」
看護師、来る。
チヅ子「帰らなくてもいいのか?」
チヅ子、看護師の腕を掴もうとして柵から落ちかかる。
看護師を見上げたチヅ子の顔に鼻血が流れている。

○ ナース・ステーション・内
出入り口の脇に立つ、婦長と悦子。
婦長「夜間はこちらにベッドを持ってきて様子を見たりできますけど、日中はそうはいきませんので……」
悦子「(神妙に頷いて)……」

○ 病室
眠るチヅ子。

○ 厨房

働く悦子。

悦子の心の声「眠っててね。付き添えないから……」

○　病室（夜）

うつらうつらしているチヅ子。

悦子、バッグを持って入ってくる。他の患者に頭を下げて、すぐにバッグから着替えの下着などを取り出す。ベッド脇の蓋の付いたプラスチックのバケツからビニール袋に入った汚れた下着などを取り出し、バッグにしまう。

チヅ子、目を覚ましている。

チヅ子「こんな遠いところに……」

悦子、あらっとチヅ子を見て、

悦子「起きたの？」

チヅ子「黙って連れてこられた」

悦子「……」

チヅ子の手を握る。

チヅ子「笑ったな」

悦子「笑ってないよ」

チヅ子、上体を起こそうとする。

悦子、チヅ子の両手を掴む。

チヅ子「濡れるよ。ほら、水溜まり。雨漏りしてる。ほら、そこ、角、ほら、濡れるよ」

悦子「……」

×　　×　　×

チヅ子、枕元のティッシュ箱からティッシュを一枚取っては、胸元に入れる。

悦子、手を出さず、見ている。

悦子「……何やってるの？」

チヅ子「そこに、あんたの、ほらそこにお金がある」

悦子「ないよ、何もない」

チヅ子「お金無くなったよ」

悦子、チヅ子の胸元からティッシュを取る。

チヅ子「娘が盗った。なんにも無くなった」

○　高森家・台所（夜）

シンクに、洗い桶の水に浸かった食器が置かれている。
ガス台には使い古したフライパン。水を溜めてあり、油が浮いている。

○　同・庭（早朝）
静かな情景。

○　病室（夜）
ベッドのチヅ子。
チヅ子「うちに連れてってくれ」
悦子、ベッドの柵に手を置いて立ち、チヅ子の顔を見下ろしている。
チヅ子「そっちじゃないよ。どこ行くの？」
悦子「……」
チヅ子「寝てても帰る。起こしてくれ」
悦子「眠たいの？」
チヅ子「私は遠慮深いからすぐ帰る」
悦子「まだ帰れません」

チヅ子「借りてた家に帰る」
悦子「そんな家、もうありません」
チヅ子「帰るんだ」
悦子「今ね、車がないの」
チヅ子「帰るんだって」
悦子「……」
チヅ子「あンたが帰ったら、私一人で帰れん。迷ってしまう」
悦子「……」
チヅ子「私も帰らないと」
悦子「いいよ、私いるから」

○　同じ病室（夜）
　点滴を受けているチヅ子。
　悦子、ベッドのそばの丸椅子に腰掛けてレース編みをしている。
チヅ子「（天井を見ながら）口に出さなくても分かってる」
悦子「（手を休め）……」

チヅ子、悦子に顔を向けない。

チヅ子「なんでそうバカにする?」

悦子「誰もバカにしてないよ」

チヅ子「いまに罰が当たる。(涙が流れる)……」

悦子「泣かないでよ」

とチヅ子の涙を指で拭く。

チヅ子「何もしてやれん」

悦子「いいよ、しなくて」

チヅ子「忘れてくれ」

悦子「何考えてるの?」

チヅ子「もらったらお返しはしてきた。十分でないまでも……」

悦子「……」

チズ子「無口で、遠慮しがちで、ダメだ、お金のことは」

悦子「……」

チズ子「父さんは?」

悦子「もういないよ」

チヅ子「……」
悦子「（溜め息）……」
チヅ子「知らないと思って」
悦子「眠ったら？」
チヅ子「……」
悦子「眠っていいよ」
チヅ子「欲たかり、母さんもだ……」
悦子「……」
　うつらうつらしているチヅ子。
チヅ子「分からないから、はい、はい、と言ってる」
　悦子、チヅ子の手を握る。
チヅ子「分かってる。うん、そうする」
悦子「（潤んだ目で）……」

○　病院・表（その日の午前）
　駐車している車は一、二台。高齢者用病院である。

悦子の心の声「病院も替わって……」

○同・病室

二人部屋である。

チヅ子、カテーテルから栄養を摂って眠っている。ベッドの柵から排尿パックがぶら下がっている。隣のベッドの老婆も同様である。

悦子の心の声「よく喋るときと、寝てばかりのときと……」

○駅・プラットホーム

ホームの柱に〝たきかわ〟と書かれたプレートが貼ってある。近くに立つ悦子。

悦子の心の声「今日は母が休息をくれたと思います」

つばの広い帽子を被り、トートバッグを手にしている。

特急列車が入ってくる。

悦子の心の声「私の目が覚めたら、母が亡くなっていた。何だか、そういうのが最高のように思えたりします」

列車が止まる。乗降口が開き、悦子、乗車する。

○　常磐公園（現在）

　池面に輝く日の光。

○　同・東屋・内

池の近くの小高いところに東屋がある。

中にはテーブルとL字の形に作られた椅子。

その短い方に吾市、もう一方の長い椅子の角の方に悦子、中ほどに幸二、端に章司が

座っている。

吾市「どうですか？　お名前でも（微笑して）」

幸二「お名前？」

　章司、悦子、沈黙。

幸二「（章司を見て、小声で）どうする？」

　章司、少しムッとする。

幸二「ン？」

吾市「無理なら今のは、なしということで……」

章司「嘘になりますから」

吾市「はい？」
悦子「フフ……」
章司「自分のことは……」
悦子「（引き継ぐように）そうですよね」
幸二「隠したいんだ」
吾市「ハハ、全然隠すことない。私、吾市」
幸二「何？　ゴイチ？」
吾市「下の名前です。よろしく」
幸二「（悦子に）だって」
悦子「……悦子です」
幸二「エツコ……（章司を見る）」
章司「……章司といいます」
幸二「似てる。おれ、コウジ。本当は幸一。おとなしすぎるから名前負けしてるんじゃないかって、親父とお袋がさ、勝手に一から二に変えて幸二。小学三年から、幸二にしろ、だって」
悦子「フフ……」

幸二「大きな声で怒られてたら小さくなるよな」

吾市、悦子、章司、沈黙。

幸二「家に帰ってない」

吾市「帰ってないの？」

幸二「ククッ……」

○　小黒家・表（その日の早朝）

古い建物で、一階の正面は改装され、幅広のシャッターが下ろされている。

家の角に立つ自動販売機。

○　同・幸二の部屋（早朝）

四時四十分を示す置き時計。

窓際に折り畳み式の簡易なベッドがあり、幸二、パンツ一枚の姿で眠っている。

秀勝（前日）の声「二階に行ってろ」

○　同・居間（前日・夜）

古い型のカップボードの脇に立つ幸二。
秀勝（52）、電話を切って幸二に、
秀勝「顔出すな」
ソファに座る明子（50）も、幸二に、
明子「行ってな」

○ 同・階段（夜）
階段を上がる幸二。前屈みである。
秀勝の声「何の役にも立たん」
明子の声「仕方ないいんだからさ」
秀勝の声「あいつがいると暗くなる。死んでるの……」
明子の声「（遮って）もういいよ」
秀勝の声「（舌打ち）……」
幸二、階段を上がるのを止める。戻って、上り口近くの戸を開ける。
秀勝、明子の寝室である。

○同・寝室（夜）
カメラが戸口脇の壁に掛けてある。革のケースに入った年代物のカメラである。
幸二、上体を伸ばして、右手をピクッピクッとさせながらカメラを盗る。

○同・階段（夜）
カメラを手にして階段を上る幸二。右腕が少し震える。
秀勝の声「見積書、出してくれとさ」
明子の声「大丈夫なの？」
秀勝の声「見たって分かりはしない。隣の家、雪落ちて困ってるって言ってやった」
階段を踏み外す幸二。

○同・居間（夜）
秀勝、階段のその音の方を一瞬見て、
秀勝「ついでに屋根も直したらどうですかって言ったら、その気になったみたいだ。フン、信頼関係ですからね、だってよ」

○同・二階の部屋（夜）

空き部屋で、箪笥や段ボール、膨らんだごみ袋もあり、物置に使われている。絵画や日本人形もある。

幸二、ぎこちない動きで、時たま右手をピクッとさせ、押し入れから布団と布団袋を取り出す。布団の隙間にカメラを隠し、手こずりながら布団を布団袋に入れる。きょろきょろして、一幅の絵画も布団に挟む。ガラスケースに入った日本人形を持ち、それも布団袋に入れようとする。

秀勝、部屋をのぞき込む。

秀勝「何やってるんだ？」

膨らんだ布団袋を見て、

秀勝「泥棒か？」

幸二「……出てってやる」

秀勝、部屋に入る。

秀勝「それも持っていくのか？」

幸二、ガラスケースに入った日本人形を持ちながら、

幸二「……」

秀勝「バカだ。芯からバカだ」
幸二「(口を尖らせ)……」
秀勝「頭を使え」

○ 幸二の部屋(その日の早朝)
簡易なベッドで、パンツ一枚の姿で眠る幸二。

○ 常磐公園(現在)
餌をついばむ鳩の群れ。

○ 同・東屋・表
二人の初老の女、池を見たりして、話しながらゆっくり向かってくる。
吾市の声「こちらの方ですか?」
悦子の声「はい?」

○ 東屋・内

吾市「市内の方で?」
悦子「はい。……何か? (平然と) どこも変わってしまって」
吾市「(頷いて) そうですよ。思い出の場所が少なくなります」
章司「(ふと、独り言のように) このままでいいわけないいんです」
吾市「はい?」
章司「このままで、いつまでもとはいかない」
吾市「はぁ……」
幸二「何が?」
章司「(東屋の外を見て) ……」
　幸二と吾市の視線を避けている章司。
　幸二、吾市を見る。
吾市、カット、と声を出さずに口を動かす。
　幸二、頷いて、
幸二「(吾市を真似て) カット」
　遠くを見ている章司。

○　アパート・章司の部屋（五日前）

四畳半が二間の、簡単な流しが付いた部屋である。

薄汚れた壁にカレンダーが掛かっている。月ごとにめくるカレンダーで、七月のそれには二十三日から二十六日の日にちに×印がついている。

○　ホワイトアスパラガス畑（早朝・五月）

T『喜茂別町　五月』

土を盛った畝が連なる畑。

盛り土の中から柄の長いノミを使って真っ白なアスパラガスを取り出す章司。

遠くに羊蹄山が見える。

○　アパート・表（五日前）

錆の目立つ外階段。六世帯が入れるアパートだが、どの部屋にもカーテンらしきものはない。

○　同・章司の部屋・玄関

本間、靴脱ぎ場に立ち、

本間「いるのかいないのか分からない人ですね。みなさんに出ていってもらったんで、早く何とかできませんか？　車、出しますから。荷物、手伝いますよ」

章司「もう少し待ってください」

本間「もう少しって？」

章司「……」

本間「潰すんですよ。更地にして、分かるでしょ。もう古いアパートだし……」

章司「……」

○　コンビニ・表（夜）

公衆電話で話す章司。右手に百円硬貨を持ち、電話機のそばにも数枚の硬貨が重なって置かれている。

窓越しにはレジで会計をしている女性客。携帯で話しながら、店員が話しかけると頷き、片手で指図したりする。

野村（35）の声「（受話器を通して）知ってるだろう。忙しいんだ」

章司「すみません」

野村の声「何月だと思ってるんだ」
章司「……」
野村の声「嫌でなかったらまた来いって言わなかったか?」
章司「はい」
野村の声「はい?　覚えてないのか?」
章司「いいえ、バス停で。覚えてます」
野村の声「さっさと来ないからよ」

○湖上に浮かぶ小型漁船（早朝・およそ一年前・五月）—サロマ湖
巻き上げ機がロープを引きあげる。稚貝の入った養殖カゴが湖面に現れる。

それを素早くロープから外す章司と初老の男。

男、養殖カゴを持ち、ロープから離れる。

巻き上げ機のスピードが速くなる。

章司、そのスピードに作業の手が追いつけない。男、素早く向き直る。操舵室の野村を見る章司。

野村、巻き上げ機のスピードを緩め、

野村「ここで暮らす気ないのか?」
　章司、作業を続ける。
野村「小さい町だけどな、嫌か?」
章司「……」
　ふと顔を上げる章司。
　昇る太陽。眩しく染まった、水平線の、遠くの湖面。
章司の声「(遠くに向かって)死んだら、ここに骨を撒いてほしい!」
野村「(呟く)何だよ、まったく。何考えてるんだ」
　ゴム手袋をはめ直す野村。

○コンビニ・表(夜)
章司「迷惑かけます、本当に。途中、旭川で墓参りしてから行きたくて」
野村の声「墓参りか……」
章司「すみません」
野村の声「何あったか知らんけど、どうせひと眠りしてるんだ。墓参りでも何でもして来い」

章司「すみません、本当に」

野村の声「迎えに出る」

章司「いいえ、いいんです」

野村の声「いいえって、（少し語気が強くなって）何言ってるんだ。来るまで待ってるなら、迎えに行った方が気が楽だ」

章司「……」

野村の声「余計な金使うな」

章司「……すみません」

野村の声「あのな……」

章司「はい？」

野村の声「何してるのかなって、ほんの数秒、うちの奴もな、お前のこと気にしてた」

章司「……」

野村の声「聞いてるのか？」

章司「はい」

野村の声「数秒でも気にしろよ。来ないのかと思ってたんだ」

章司「すみません」

○札幌駅（その日の午前）
駅構内のいくつかの情景。

○走る特急列車・内
荷棚のスポーツバッグとビジネスバッグ。

その下の座席に座る章司と、スーツ姿の若い男。

章司、窓外の流れる景色を見ている。

若い男、イヤホンをし、端末を前席の背凭れにあるトレイに置いて、英語の問題集を解いている。

×　×　×

ドアの上の電光掲示に、〝まもなく、終着旭川です。〟の文字が流れている。

窓外には旭川市内の風景。

○東屋・内（現在）
近づいてくる二人の初老の女。
女Ⅰ「施設に入ってるの、認知症で」

女Ⅱ「姿、見ないと思ってたのよ」
女Ⅰ「旦那さん亡くなったら施設に行くと言ってたけど、その通りになったんだわ」
話しながら東屋に入る。
沈黙する吾市、悦子、幸二、章司。
向き合う女Ⅰ、女Ⅱ。
女Ⅱ「(小さく) 行こうか……」
女Ⅰ、返事せずに歩き出す。

○ 同・表
女Ⅰ、女Ⅱ、出てくるなり、驚いたように顔を見合わせる。

○ 同・内
章司「(ぽつりと) いいですよね」
幸二「ン?」
章司「その通りになって」
幸二「良かったの?」

章司、吾市、悦子、沈黙。

幸二「(頷いて、悦子に) 分かるよ」

悦子「(小声で) 良かったと思う?」

幸二「何だよ」

悦子「黙ってなさい」

幸二「黙ってろって言うなら紙に書いてくれよ」

悦子「……」

吾市「ハハ、難しい」

幸二「難しいことない」

吾市「怒らない」

悦子「…… (ぽつりと) 私、困難に出合うと逃げ出したくなる。向き合うことを避けてばかり」

吾市、幸二、章司、沈黙。

悦子「世間知らずで、……自信がないのね」

○　須田家・表の通り (その日の昼)

玄関前に須田の車がある。
タクシーがその後ろに停まり、二人の中年女性が下りる。
悦子の心の声「今日は休みだったの?」
玄関が開き、須田（55）とその妻（53）が出てくる。愛想の良い妻。
×　×　×
通りの角の電柱と建物の間に立っている悦子。さっと背中を向ける。
悦子の心の声「休み、自由なの?　それなら会えるのに」
×　×　×
二人の女性、家へと招かれる。
悦子の心の声「あなたも奥さんも幸せそう。大丈夫なのね、フフ」

○通り
悦子、歩いている。
悦子「(俯き加減に) フフ……」
被さるチズ子と悦子の声。
チヅ子の声「いい人、いないのか?」

悦子の声「どう思う？」
チヅ子の声「あんたはダメだ」
悦子の声「何がダメなの？」
チヅ子の声「母さんがいないとダメだ」

×　×　×

悦子の心の声「困らない。何も困ることない」

○　新たな通り

歩く悦子。

悦子「（顔を上げて）フフ……」

被さる悦子と須田の声。

悦子の声「いつも夢見てる。いいの？　思っていいの？　もっと近づきたい。あなたのためなら何でもできてしまう」
須田の声「救急車……」
悦子の声「えっ？」
須田の声「救急車呼んでくれ」

悦子の声「何なの？」
　遠くに公園の樹木。
悦子の声「困る、困るわよ」
須田の声「……大丈夫、もう大丈夫だ」
　　　×　　×　　×
悦子の心の声「私から去っていく。……本当に困らないから」

○　東屋・内（現在）
幸二「純粋なんて見たことない。ククッ」
　吾市、悦子、章司、沈黙。
幸二「嘘話ばっかりだ」
吾市「思惑とか、いろいろあるから……」
幸二「（吾市を見て）……」
吾市「いろいろあるから」
幸二「うん。……自分に負けるなと」
吾市「ほう」

幸二「親父が言ってた」

吾市「お父さん、立派な方なんだ」

幸二「おれに理屈言っても分からないんだと」

　吾市、悦子、章司、沈黙。

幸二「おれだって理屈ぐらい分かるさ」

　目を伏せる幸二。

秀勝（前日）の声「（電話口で）あの時間は犬を散歩に連れていってたもので、失礼しました。……はい、すぐ動けます。……はい、そうです。あのあたりはそんなものです。……はい、それと消費税で……はい」

幸二「（ぽつりと）金が入るまでは丁寧だ」

　吾市、悦子、章司、沈黙。

幸二「犬だって、ククッ」

悦子「犬？」

幸二「そんな犬、どこにいるんだよ」

悦子「……」

幸二「おれの顔、暗いか？」

悦子「えっ?」

幸二「おれの顔見たら暗くなるか?」

悦子「全然。私、猫飼ってるの」

幸二「本当か?」

悦子「本当よ。捨て猫だったの」

幸二「嘘だなんて言ってない」

悦子「……」

幸二「どうしたんだよ」

悦子「……私、揉め事ダメだから」

幸二「……」

悦子「黙ってしまう」

幸二「なんで?」

悦子、吾市、章司、沈黙。

幸二「(悦子に)なんでだよ」

悦子「……」

幸二「嘘だろ?」

吾市「少し黙ってなさい」
幸二「(悦子に、小声で) いていいのか?」
吾市「まあ、誰かが見ててくれるし、誰かが守ってくれるものです」
幸二「(悦子に、小声で) おれもいいのか?」
章司「(ぽつりと、吾市に) そうでしょうか?」
幸二「(悦子に) なあ……」
悦子「知らない」
幸二「何だよ、それ」
吾市「(章司に) そう思います」
悦子「(前を向いたまま) いますよ、きっと誰か」
幸二「ククッ……」
悦子「(幸二に、小声で) 黙ってなさい」
幸二「何も言ってない」
章司「だといいですね」
幸二「ン?」
悦子「いいですね。私、人の良い面を見てれば何となく心の支えになります」

　吾市、幸二、章司、沈黙。

悦子「人は精神的なんだって、自分も相手もそうなんだって……」

　吾市、幸二、章司、沈黙。

悦子「痩せても枯れてもだからね」

　吾市、幸二、章司、沈黙。

悦子「私、恥ずかしいこと言ってます？」

幸二「ククッ、分からないけどいい感じ」

吾市「まあ、それぞれですから、その人のことはその人に任せておきましょう。責任持てないから」

　悦子、幸二、章司、沈黙。

悦子「そうなんですか？」

吾市「そうじゃないですか？」

悦子「そうですよね。何だか違うみたい」

吾市「(ン？)……」

悦子「……」

幸二「(悦子を見て)ククッ……」

悦子「船頭ばかりじゃ世の中回らないんだし、どうでもいい人なんていない」
吾市「はい」
悦子「私、変ですか？」
吾市「いいえ」
悦子「私、変ですから」
吾市「……」
悦子「体を酷使してきた人は老けるの早い。そう思います？」
吾市「（困惑して）……」
幸二「（吾市を見て）ククッ……」
悦子「（幸二に）おかしい？」
幸二「……何だよ、二人で」
章司「（幸二に）何でもない」

幸二、章司を見、次に悦子を見て、

幸二「ン？」

悦子、吾市、章司、沈黙。

幸二「何だか、変なの。いい人なのにな」

悦子「(幸二に、小声で) いい人、それって豊かってことよね」

幸二「おれに聞くなよ」

悦子「愚かなの?」

幸二「聞くなって」

章司「(ぽつりと) 何と言われてもいい」

幸二「ン?」

　と章司を見て、

幸二「また、何?」

章司「信じられるのは経験、それしかない」

　幸二、頷いて、

幸二「そうなの?……」

章司「ずっしりと頭のてっぺんに載っかってる」

幸二「ククッ、何が?……」

章司「……」

幸二「何言ってるの?」

章司「(無視して) ……」

幸二「何のこと？　嫌われるよ」
章司「てっぺんは不安定だ」
幸二「（悦子を見て）ン？……」
悦子「……」
吾市「まあ、何であれ、努力したら何とかなることなら、くそッ！　って頑張らないと。
これからのためにね」
幸二「ダメなんだろ？」
吾市「はい？」
幸二「おれみたいのがいるから、ダメなんだろ？」
章司「（ぽつりと）時間ばかり無駄に使って……」
吾市「はい？……」
章司、吾市の視線を感じながら、
章司「経験だけでは狭いし、狭すぎる……」
吾市「無駄かどうかは分からないですよ」
章司、悦子、幸二、沈黙。
吾市「……深く掘るには時間がかかるといいますから」

悦子、吾市に顔を向ける。

悦子「(素直に)そうですよね」

幸二「ククッ、(小声で)さっきも言った」

悦子「(幸二を無視し、章司に顔を向けずに)人になじむの、時間かかるタイプ?」

幸二「(悦子に)おれも」

悦子「ン?」

幸二「(身を乗り出すようにして)へたれ。ククッ」

悦子「(気まずく)……」

吾市「誰だって一つや二つ、人生二度ないのだから、どうってことない。あまり、自分を責めたりね、気にしない」

頷く悦子。続いて幸二。

吾市、ふと伏し目がちになって、

吾市「棺の蓋が閉まるまで人生分からない。退屈が一番厄介で、ハハ」

章司「あの……」

吾市「はい?」

章司「へこんでませんよ」

吾市「はい……」
幸二「(悦子に、小声で) 怒ってるのかな?」
沈黙している章司。

○寺・納骨堂 (その日の昼)

章司、納骨壇の前にしゃがんでいる。

上下二段の納骨壇で、下の壇の扉が開いている。その中も二つに仕切られていて、下の骨箱の前に母・陽子の写真が置かれている。

○中岡家・車庫・内 (夕・四年前)

シャッターが下り、暗くなる。
陽子 (55)、乗用車の後部へと進む。
シャッターが上がり、隆 (57)、姿を現す。
陽子、うずくまる。
隆「何をするんだ?」
後輪のそばで、すがるような目を向ける陽子。

隆　「分からないから聞いてるんだ」

陽子「……」

隆　「知らんぞ。おれは何も知らんからな」

　シャッターが下り、また暗くなる。ほぼ同時に、陽子、

陽子「（呟く）殺される……」

○　寺・納骨堂

　章司、陽子の写真を見ている。

○　中岡家・居間（夜・四年前）

　ソファの三点セットが置いてある。

　そのそばで陽子、前に手を出し、隆から身を守ろうとする。

　隆、陽子の手を振り払って、

隆　「うんざりだ」

　陽子の顔を叩く。

陽子「ああ」

床に上体を伏し、左耳に手をやって泣く。

陽子「耳が聞こえない」

隆「謝れ！」

陽子「耳が聞こえない」

隆「謝れ！」

陽子「ごめんなさい。ああ（泣く）、ごめんなさい」

隆の足元で、顔をくしゃくしゃにして、

陽子「耳が、耳が聞こえない」

○同・台所（夜）

陽子、泣きながら皿を洗っている。水を絞ったタオルを頭に巻いて、左耳を冷やしている。

陽子「（泣きながら）情けない。どうしてこんな情けないことするんだ。女を叩くなんて最低だ。本当に最低……」

○アパート・一室（夜）

リビングと寝室の二間続きである。テレビ、冷蔵庫など家財道具は揃っている。

章司（27）、電話を受けている。携帯である。

陽子の声「（携帯を通して）話がある」

章司「何があるの？」

陽子の声「話がある」

章司「ン？」

陽子の声「全然聞こえない。耳、遠くなってる」

章司「どうしたの？」

陽子の声「ふらふらする」

章司「……」

陽子の声「ボォーッとしてる。今日は何曜日？」

○　中岡家・居間（夜）

章司、隆、ソファに座っている。

隆　「おれが四と言えば五と言う。すぐ、でもね、だ。何でも別々にすればいいんだ」

章司「……」

隆　「いつもだ。合わない」

章司「合わないって、父さんの言葉にも寸止めが必要だ」

隆　「何だと」

章司「四と言えば五と言いたくなるさ」

隆　「口数が多いな。いつまでも子供でいるな」

章司「すぐこれだ」

　　とムッとした顔になる。

　　隆、見下すように、

隆　「誰だって嫌になる。精神的なことでいつまでも。いいか……」

章司「(遮って) 聞きたくない。もういい」

隆　「家を出て、一人でやらせてみても何の効果もないな。お前のためと思ったが……」

章司「……」

○　同・寝室(夜)

　　陽子、ベッドに横になっている。

　　その端に腰掛けている章司。

陽子「保険が満期になったら、章司にね」
章司「ン？」
陽子「買ってあげる」
章司「何もいらないよ」
陽子「いいの、楽しみだね」
と上体を起こす。
そばに座り直す章司。
陽子「私がお金持ってても何にもならないんだとさ。あの人と口裏合わせて私を悪者にする？」
章司「母さん……」
陽子「いいときばかりじゃないのだから。いいときもあれば悪いときもある。そういう感じじゃないからね」
章司「……」
陽子「野菜、ちゃんと摂ってる？」
章司「食べてるよ」
陽子「また時間があったら会いに来て。電話でもいいから」

章司「ああ、そうする」
陽子「（ぽつりと）真似しなければいい」
章司「ン？……」
陽子「どんな親に育てられたか、どんな育てられ方したか、見られるからね」
章司「（視線を落として）……」
陽子「……してやれだと。自分に負担のない言い方で、思いやってる風を装って。そういうことばかりだからね。自分のことしか頭にない。入ってくるお金は限られてるのに、自分の親戚にはいい顔したい人だし、借金までしていいふりして……」
章司「一緒にいなければ（言い淀む）……」
陽子「外に出せないこともあるけど、繕ってばかりじゃ」
章司「……」
陽子「人は育たない。人をダメにする」

○　寺・納骨堂（その日の昼）
章司、陽子の写真を骨箱に立てかける。
立ち上がる章司。

○　中岡家・居間と台所（夜・四年前）

隆　「おれの言うこととお前の言うことが違ってたら困るからな」

　隆、ソファに座って章司を見据えている。

　台所のテーブルの椅子に座って、章司、

章司「何のこと？」

隆　「何でもだ」

章司「それだから母さんと合わないんだ……」

隆　「（無視して）今日は何だ？」

章司「……母さん、寝てるならいいんだ」

隆　「よく寝る」

章司「そう」

隆　「相談なら母さんにしろ」

章司「相談ということでもないんだ」

隆　「……」

章司「ちょっと、話そうと思ってることはある」

　隆、視線を逸らす。

章司「話したいことはある。そのときが来たら話そうと思ってる」

隆　「（視線を逸らしたまま）……」

○寺・表（その日の昼）

スポーツバッグを手に出てくる章司。

○常磐公園・道（およそ三年半前・三月）

陽気で、雪解けが進んでいる。

図書館があり、その裏口に続く道のそばを、章司（27）と山内芳美（31）、話しながら歩いている。

芳美「私、何も約束してないから」

急に足早になる。

章司、立ち止まる。

芳美、振り返って、

芳美「もう話したくない。私ね、とってもおかしなことしてるみたいでね。章司くんに対して」

章司「どういうことですか?」

芳美「うん、できれば人を傷つけたくないし、私も傷つけられたくない。私のこと思って
　くれるのなら、私の好きなようにさせてほしい」

章司「……」

芳美「私よりいい人、いくらでもいるから」

章司「……」

　一歩前に出る。

　芳美、一歩下がる。

章司「おれのことはいいんだ」

芳美「良くない。早くいい人見つけて。私のこと消してください」

章司「(立ち止まったままで) おれを警戒してる」

芳美「警戒なんかしてませんよ。私ね、決していいかげんな気持ちじゃなかったから」

章司「あなたとなら、おれ……」

芳美「(遮って) 困った人」

章司「あなたがいるから、あなたとなら素直になれるし、頑張れる」

芳美「本当に困った人。生意気なこと言っていいですか?」

章司「……」

芳美「私は、私が一緒になりたいと思った人と一緒になります。きっと、絶対、一緒になりたいと思って一緒になります」

章司「……」

芳美「新しい生活をしたいんです。薄情なんです。前しか見たくないんです。何もかも新しくなりたいんです」

章司「……」

一歩前に出る。

章司「これ以上の気持ちであなたのことを……」

芳美「(遮って) どうしてそういうこと言うのですか」

一、二歩下がって、

芳美「私に出会わなかった方が良かったんです」

章司「……」

芳美「早く私のこと忘れてください」

章司、また一歩進む。芳美も下がる。

芳美「何も言わないで。素直になんて、もう止めて」

章司「話もダメですか？」

芳美「もう戻らないから」

章司「……」

芳美「こんにちは、とは言いますよ」

章司、立ち止まっている。

章司「最後ですね」

芳美「最後にしてください」

章司「……」

芳美「最後にしたいもの」

章司「……」

芳美「私、冷たいですね。私も幸せになるから章司くんも幸せになってほしい」

章司「……」

芳美「寂しいときもあったから頼ったような気がする」

章司「（頷きつつ）……」

芳美「さよなら」

章司「……さよなら」

芳美「さよなら」
章司「……」
芳美「分かってくれるときは、いつか来ると思うから……」
　下がっていく芳美。
　立ち尽くす章司。

○常磐公園・東屋・内（現在）
　遠くを見る眼差しの章司。

○章司のアパート・寝室（夜・四年前）
　章司（27）、ベッドに腰掛け、携帯で話している。
　枕元にある置き時計、十一時を指している。
章司「おれの気持ち、片隅に置いといてください」
芳美の声「（携帯を通して）それはそうなるでしょう」
章司「困りますか？」
芳美の声「そんなに困らない。中岡くん、どこまで私のこと知ってるの？」

章司「別れたと」
芳美の声「それだけ？」
章司「うん。別れたと」
芳美の声「いろいろ言われてると思ってるけど……」

○　倉庫・表
数台のトラックが停まっている。

○　トラック・車内
運転席に高山（40）、助手席に石川（25）がいる。
トラックのそばを通る芳美。事務服を着て、手に書類を持っている。
石川「辞めるのかな？」
高山「知るわけないだろう」
石川「……結婚すると思ってた」
高山「ああ、彼と彼女で人目をひいてたからな」
石川「別れてきまり悪いっすよね」

高山「本人に聞いてこい。何か月も経ってるんだぞ。放っておけ」
ゆっくりバックさせる。

○　図書館通り（夜）

図書館や公会堂が並ぶ通称、図書館通り。
停まっている芳美の車。その後ろに停まる章司の車。

○　常磐公園（夜）

ボート乗り場近くを歩く章司と芳美。
章司「二人で会うのはまずいんじゃないですか？……」
芳美、章司の横顔を見て、
芳美「大丈夫、夜だし」
章司「用心してるんでしょ？」
芳美「中岡くんのせいで別れたなんて噂たったら困るけど」
章司「……」
芳美「関係ないもの」

章司「ありえないですよ、そんなこと」

芳美「噂よ」

章司「噂だってありえない」

芳美「うん……」

章司「……（芳美を見る）」

芳美「私、先が分からないから……。私なりの覚悟してるんです」

章司「うん……」

芳美「負い目があると対等ではないでしょう。不自然でしょう、こそこそするのって」

×　×　×

花壇のそばを歩く章司と芳美。

芳美「中岡くん、気にする？」

章司「ン？」

芳美「私の過去。知られたくないこともあるし……」

章司「うん」

芳美「分かってもらえる？」

章司「分かってる」

× × ×

樹木が茂る小道を歩く章司と芳美。

芳美「気になる存在ではなかった」

章司「(芳美を見て)……」

芳美「私のこと分かってくれる人を失いたくないという気持ちがあるんだと思う。関心があるし、知りたいと思う。でも、知ってどうなるの?」

章司「……」

芳美「何を望んでいるのか、どうしたいのか分からない。寄りかかりたくなるところもある」

章司「……」

○ 東屋・内(夕・現在)

吾市と幸二の姿はない。

悦子と、少し離れて章司。

悦子「(急に)何か、言いました?」

章司「(えっと驚いて)言いましたか?」

悦子「言いませんでした?」
章司「……」
悦子「……フフ」
章司「いいえ」
悦子「そう。ごめんなさい」
章司「……」

○章司のアパート・表(夜・四年前)
　塀際に芳美の車が停まっている。
　その上の、二階の窓に灯りが点いている。
芳美の声「章司くんを選べば間違いない?……いいの。章司くんのこと、素敵だと思ってます」
章司の声「そんなことを言ってくれるのはあなただけです」
芳美の声「そうなの?」
章司の声「そうですよ。電話で話すより、やっぱり会って話した方がいい」
芳美の声「私はそうは思わない。会えば辛くなることもあるのよ」

章司の声「強くならなければね、いろんなことあるから」
芳美の声「そうね」
　若い男女、親しげに話しながら通り過ぎる。
　夜空に、星が出ている。雲が流れる。
芳美の声「待っててねって言えないし……」
章司の声「ずっと仲良くしていたいから」
　静まり返る。

○車道の縁
　イチョウの葉が砂埃にまみれている。

○市街地（夜）
　夜景が広がっている。雪景色である。

○喫茶店・内（夜）
　隅の方の席で、向かい合って座る章司と芳美。

章司「会社辞めようと思う」
芳美「辞めてどうするの？　将来のことを考えてる？」
章司「いまのままでいいのか、考えることはある」
芳美「……」
章司「これからのこと考えたらまずいと思う」
芳美「……」
章司「そう思ってる」
芳美「職場では必要とされる人にならないと……」
章司「うん……分かってる」
芳美「私の方が先輩なんだからね。頑張ってほしい」
章司「あなたは？」
芳美「ン？」
章司「辞めるんでしょ？」
芳美「三月で辞める」
章司「……」

○同・表（夜）

雪が降っている。

芳美、出てくる。少し遅れて章司。

章司と芳美、歩き出す。

通行人の中に石川がいる。

芳美、顔をそむけ、章司を残して足早になる。

石川、悪意のある視線を章司に向け、含み笑いをして通り過ぎる。

芳美、章司から離れていく。章司、追わない。

○東屋・内（夕・現在）

章司、悦子、二人だけで所在なげである。

悦子「猫、好きですか?」

章司「……猫、ですか?」

悦子「分かった。あまり好きじゃない」

章司「いいえ……」

悦子「フフ、表情見たら分かる」

章司「……」

悦子「そうなの、分かるんですから。犬は？　犬は好き？　知り合いの話ですけど、小さいときに、盲導犬ね、飼って、一年後にその訓練に出したんですって。預かっていて返したんです。そうしたら最終選考に入れなくて、適性があるかどうかのね、不適格で、落とされて、その家族みんな大喜びで、その犬を引き取ったんですって」

章司「……」

悦子「いいですね、そういうの」

章司「そうですね」

悦子「私、猫飼ってるんです」

章司「はい」

悦子「言いましたね」

章司「はい」

悦子「留守にするとき、置いて出掛けるのが辛いんです」

章司「……」

悦子、後方の図書館のある方を見る。木々の枝葉に遮られて裏手の出入り口は見えづらい。

体を戻して、悦子、

悦子「つまらないでしょ、私」

章司「そんなことないです」

悦子「……」

また図書館の方を見ようとする。

○図書館・トイレ・内（夕）

連れだって排尿している吾市と幸二。

吾市、リュックを片方の肩に掛けている。

幸二、ズボンの前の右手がピクッピクッと動く。気にして吾市を見る。知らぬ風な吾市。

○同・トイレ・表（夕）

幸二、出てくる。

○同・ホール（夕）

表を通り過ぎる車が見える。
幸二、周りを見、階段から続く二階を見る。落ち着かない。

○　同・トイレ・表（夕）
吾市、出てくる。すぐに階段の上り口にいる幸二に気付く。
階段を上る幸二。

○　同・ホール（夕）
吾市、階段の下に立ち、
吾市「（声をひそめて）君、君ね……」
幸二、振り向く。
吾市「遊ぶところじゃないから」
幸二「（吾市を真似て）遊んでるか？」
吾市「そうじゃなくて……」
幸二「おれだって夏休み。……ククッ」
吾市「ン？」

と幸二の視線の先の、自分の股間を見る。濡れている。

吾市「ああ……」

とトイレに向かう。

○東屋・内（夕）

悦子と章司。

悦子「歳を取るっていいですよ、きっと」

章司「そうでしょうか?」

悦子「過去の人たちに会うのも嫌でなくなる。許せないなんて思っていた人にもね」

章司「それならいいけど……」

悦子「私、そうなりたい」

章司「……」

悦子「(独り言のように) 毎日、毎日、静かに、それで一年が過ぎていく。大切よね」

○図書館・トイレ・内（夕）

吾市、個室に入り、トイレット・ペーパーを股間の濡れた箇所に当て、上から叩いた

りこすったりする。乾き具合を見て、

吾市「あーあ……」

○ 同・二階・通路（夕）

幸二、読書室の前で立ち止まり、室内を見る。

空いている席は一つか二つ。多くの若者が学習している。

幸二「(呟く) すごいな。……かなわないよ」

○ 同・トイレ・内（夕）

吾市、手を洗っている。股間の濡れ具合、薄くなっている。

吾市「(呟く) やっぱりな、もっと探さないとダメか……」

○ ショッピング・モール内・衣料専門店（その日の午前）

カジュアルな衣料品が並ぶ明るい店内。

その中を、リュックを肩にして、吾市、あちらこちらと見て回っている。

吾市、若い女性店員を見つけ、

吾市「下着ありますか？」
店員「はい？」
　と近づく。
吾市「（下腹部を指さして）パンツ……」
店員「ああ、はい、こちらです」
　とパンツの棚に案内する。箱入りで、若者向けである。
　それを見て、吾市、
吾市「ここにあるだけですよね」
店員「はい。何かお探しですか？」
　となお近づこうとする。それを避けようとして、
吾市「いや」
店員「はい？（笑顔になる）」
吾市「結構です……」
　片手を挙げ、去る。

○　東屋・内（夕）

悦子と章司。

章司「はい？（悦子を見る）」

悦子「生きてきたように死にますよね」

章司「そうですか？」

悦子「そうなの。そうなるの」

章司「……」

悦子「怖くない？」

章司「はい」

悦子「怖くないの？」

章司「怖いです」

悦子「どっち？」

章司「……どっちでも」

悦子「フフ、関係ない話ね」

章司「……」

○　ショッピング・モール・内（その日の午前）

エスカレーターで人が降りていく。

その中に吾市の姿がある。

○　同・通路
各売り場をつなぐ通路。

吾市、歩いている。

通行人を避けながら歩く吾市。

典子の声「私ね、あなたが戦争に行って死んだって聞いたら泣き叫ぶだろうな。そんなこと思っていました」

○　同・生活雑貨店前・通路
男性店員の声「いらっしゃいませ。こんにちは」

○　同・生活雑貨店・内
ＡＴＭコーナー、吾市の目にとまる。衣類の展示ケースのそばに立つ吾市。近くにＡＴＭコーナーへの出入り口があり、店内とつながっている。

典子の声「常磐公園、いいところですね。大きなハルニレの木がありました」

○　同・表

吾市、ショッピング・モールから出てくる。そこは駅構内でもあり、奥まったところにＡＴＭコーナーがある。

一度去りかけて、ＡＴＭコーナーを振り向く吾市。

辰夫の声「妹は肺の検査で入院し、まさかこのようなことになるとは思っていなかったと思います。退院することなく最期を迎えました。明るい妹でしたが……」

吾市、ＡＴＭコーナーに向かう。

典子の声「私、泣き虫だから。あなたがどこかに行ってしまうような気がして……」

○　ＡＴＭコーナー前

各銀行のＡＴＭが並んでいる。

典子の声「一人で歩くのは寂しかったけれど、いつの間にか自分が現実から離れ、空想の世界に入ったり、ボォーッとしたり……涙が出そうになりました」

吾市、立ち止まる。少し離れて、ＡＴＭコーナー内の客の後ろ姿を見ている。

×　×　×

客のいなくなったATMコーナー。新たな客が利用する。

吾市、その場から離れる。

典子の声「ずっと待っていました。寂しく、味気ない、私の小さな旅でした。私にも手紙をください。それでは、さようなら」

吾市、遠くを見る眼差しで、ガラス張りの壁面の、駅舎の外を見る。

○図書館裏手・表（夕・現在）

吾市、出てくる。少し遅れて幸二。

吾市、振り返り、

吾市「君、君ね……」

幸二「（遮って）幸二だよ」

吾市「そうだよ。コウジくんね、見えても見ないの。分かるよね」

幸二「ククッ……」

吾市「……」

幸二「誰にも言わないよ」

吾市「笑ったでしょう」
幸二「悪いか?」
吾市「悪い。失敗を笑われたら、分かるでしょ? 笑うもんじゃない」
　幸二に背中を向ける。
　幸二、吾市の後に従いながら、
幸二「(呟く) おれが悪いのか……」

○　東屋・内(夕)
　悦子と章司。
　遠くから救急車のサイレンが聞こえている。
悦子「人の不幸って、笑えます?」
章司「そんな……」
悦子「そうよね。私、大丈夫かな……」
章司「……」
悦子「良かったね、って言えない自分がいたりして」
章司「……」

悦子「優しさが壊れていくってあるわよね」
章司「泣きたいほどの？」
悦子「あるの？」
章司「いいえ……」
悦子「そう。いろいろあるものね、生きていたら」
章司「はい」
悦子「フフ……」

×　×　×

吾市、幸二、入ってくる。
章司、腕時計を見て、立ち上がる。
章司「そろそろ行きます」
幸二「行くって、どこよ」
悦子も立ち上がる。
章司「だから、……網走の方に……」
幸二「だからって何だよ」
章司「仕事だから」

幸二「(小さく) 網走だって、ククッ…」
章司「……」
幸二「嘘だろ?……」
章司「(吾市に) もう行かなくては」
吾市「それでは、私も」
幸二「なんでだよ」
吾市「用事があるの」
幸二「用事って?」
吾市「用事は用事」
幸二「……(悦子を見る)」
悦子「じゃ、私も」
幸二「何だよ。まだいいじゃないか」
章司、吾市、悦子、東屋を出る。
幸二、つっ立っている。

○ 同・表(夕)

吾市「（章司と悦子に）駅で良かったら送りますよ。タクシーだと十分もかかりません」
章司「いいえ、私はこれで」
悦子「どうして？　私も駅まで。せっかくなのに」
　章司を見ている吾市。
悦子「一緒に、いいじゃないですか」
　幸二、東屋から出てくる。サイフから手間取りながら千円札を出し、章司に近づく。
幸二「やっぱり、これ」
　千円札を差し出す。
章司「それはもういい」
幸二「なんでだよ」
　章司、吾市、悦子、先を行く。
　つっ立っている幸二。

○　食堂・内（その日の昼）
　カウンター席と小上がりからなる、小さな寿司店である。
　カウンター席で海鮮ちらしを食べている幸二。野球帽を被ったままである。

一つ席を置いて、和食弁当を食べている章司。

後ろの小上がりではカップルが丼物を食べている。互いに携帯を操作し、無言である。

男は豹柄の、女はつばのないニット風の帽子を被っている。

女が顔を近づけて話しかける。男は片手を伸ばし、面倒臭そうに、こぶしで女の頭を軽く小突く。

その声に幸二、振り返る。「なぁーにさー」と女は帽子を直す。

幸二の、箸を持つ手が発作のように震える。男と目が合い、すぐに向き直る。

えびを床に落とす。拾おうとして体が傾く。止まっては右手がピクッピクッと震える。倒れそうになる。

章司、手を伸ばしかける。

幸二、体を立て直し、章司と目が合う。

章司と幸二、食事を続ける。

幸二、手がピクッと震えると章司を見る。

章司もちらっと幸二を見るが、手元ではなく幸二が被っている帽子に視線をやる。

章司と幸二、目が合う。

幸二、帽子をカウンターに置く。章司を見る。

章司、食事をしている。

×　×　×

小上がりの若い男、会計伝票を持ってレジに来る。伝票をレジ台に置き、さっと表に出ていく。

若い女、遅れてレジに来て、会計をする。

カウンター席の幸二、その様子を見ている。

×　×　×

女将が小上がりのテーブルを片付けている。

章司、立ち上がる。スポーツバッグを手にする。

幸二、さっと立って出入り口に向かう。カウンターに帽子と伝票を残したままである。

女将「お客さん」

幸二、呼び止められて、立ち止まる。カウンターの帽子を見る。章司と目が合う。

章司、自ら使用した椅子をカウンターの下に押し込む。

女将「(幸二に) あの、お客さん……」

と小上がりから出てくる。

女将「お父さん」

カウンターの隅の、暖簾の奥から出てくる店主。幸二を目で指し示す女将。

幸二、俯いている。

女将、レジに来て、

女将「そちらのお客さん」

と章司に片手を伸ばす。

店主「（幸二から目を離さず）……」

章司、女将に伝票を渡す。サイフを手に、

章司「ちょっと待ってください」

とカウンターに戻る。幸二の使用した椅子をカウンターの下に入れ、帽子と伝票を手にする。

怪訝そうな女将に、

章司「これも一緒で」

伝票を差し出す。

章司「一緒にしてください」

女将「いいんですか？」

伝票を受け取る。

続いて、帽子を受け取る幸二。それを見ている店主。

女将、レジスターを操作し、

女将「千八百円です」

○同・表

章司の後に幸二が出てくる。

章司、道路を渡る。

幸二、角を折れ、姿を消す。

○通り

章司、歩いている。

幸二、家の角から現れる。

×　×　×

横断歩道を、つんのめるように渡る幸二。

×　×　×

章司の後を追う幸二。追いつけず、

幸二「待ってくれ」

章司、歩き続ける。

幸二「おい！」

章司、振り向いて、

章司「（ムッとした顔で）……」

幸二「ククッ」

章司「何がおかしい」

幸二「待ってくれよ」

と章司に近づく。

章司「ついて来ても何もないぞ」

幸二「ある。おれにはある」

章司、背中を向ける。

幸二「話がある」

サイフを取り出し、章司に近づきながら、

幸二「今日、はじめて話した」

章司、振り向いて、

章司「離れてくれ」

立ち止まる幸二。

幸二「金、返すから……」

章司、離れていく。と、また振り向いて、

章司「今のは悪かった」

幸二「いいのか？」

章司「さっきの、おい！　とは何だ」

幸二「ン？」

足早に章司に近づいて、

幸二「いいんならいいんだ。金、返す」

とサイフから右手を震わせながら千円札を取り出す。

章司「金のことじゃないぞ」

幸二「いいんだって。返すから」

章司「金持ってるなら、あんな食い逃げみたいなことするな」

幸二「ククッ、（小声で）嬉しいね」

金を差し出して、

幸二「釣りはいらねぇ」

章司、受け取らず、背を向ける。

幸二「何だよ」

章司の腕を掴んで千円札を差し出す。

章司、幸二の手を振り払う。

千円札、幸二の手を離れる。落ちる。

アスファルトの砂埃が舞う。風にさらわれる千円札。歩道の隅へ、車道へと転がる。

幸二、千円札を追って車道に出ようとする。車が行き交う。

章司「待て」

スポーツバッグを足元に置く。

章司「ここにいろ」

車道に走り出る。クラクションが鳴る。章司、戻って、またスポーツバッグを手にする。幸二と目が合って、

章司「待ってろ」

再び車道に出る。クラクションが鳴る。

立ち止まる章司。

風にさらわれ、転がる千円札。

×　×　×

千円札、反対側の車道の隅で止まる。
男の足が近づく。吾市の足である。
吾市、千円札を拾って、
吾市「そっちで」
幸二や章司の歩道側を指さす。

○　公園内の道（夕・現在）
先を行く吾市、章司。
その後を悦子、少し遅れて幸二が歩く。
幸二「（悦子に）おれもいいのか？」
悦子、振り向いて、
悦子「私に聞かないで」
幸二「何だよ、それ」
悦子、幸二、図書館の裏手を通り過ぎる。
道路から奥まった所にベンチが二つ。

それに目をやる悦子、そして幸二。

○同じ道（その日の昼）

一つのベンチに悦子が座っていて、奥の方のベンチに若い男女が座っている。

男は背中を丸め、女の顔をのぞき込むようにして何やら話している。

男、道の方に顔を向けて、

男「あっちに行け」

幸二の声「すみません」

男、いらいらと足元を見る。小石か何かを探している風である。

つっ立っている幸二。

男「早く行け」

悦子、トートバッグを手に立ち上がる。

女の声「謝ってるんだから許してやりなよ」

悦子、その場から離れ、幸二を見る。

悦子「(小さく) 何してるの?」

幸二、歩き出す。

幸二の近くに章司が現れる。背後の池のそばには吾市の姿がある。こちらの様子を見ている。

幸二「ククッ……（悦子に、男女を指さす）」

章司「指さすな」

幸二「ン？」

章司を見、悦子を見る。

悦子、素知らぬ風に歩いている。章司、先を行く。

幸二、章司の後に付く。

男の声「何だ、あれ」

幸二、男女の方を見る。

章司「気の毒に」

幸二「ン？　何？　何て言った？」

章司と悦子、小道の端と端を歩いている。

幸二、章司の後ろで、

幸二「おれのこと？」

悦子「フフ……」

幸二「おれのこと言ったのか?」
悦子「(幸二に) 関わらないの」
幸二「誰によ? 何言ってんだよ」
小道の章司、悦子、幸二。
近くに聳え立つハルニレ。
×　×　×
吾市、三人より先を行き、池のそばを歩いている。前方の池の近くにベンチが見える。

○　走るタクシー (夕・現在)
繁華街を走っている。

○　同・内 (夕)
助手席に吾市、その後ろに章司、運転席の後ろにはトートバッグを膝に置く悦子、そして真ん中に幸二が座っている。
幸二「(悦子に小声で) 怒ってる? 怒ってるんだろ?」
悦子「なんで?」

幸二「おれもいいのかな?」
悦子「(窓外を見て)……」
幸二「やっぱり怒ってる」
悦子「(顔を向けて) 怒ってない」
幸二「ククッ……」
悦子「黙ってられないの?」
幸二「……」

○　公園・ベンチ前(その日の昼)
吾市、章司に座るように勧める。

章司に続いて吾市に勧められた悦子、ベンチに座る。

つっ立っていた幸二、悦子の後に続いてそっと座る。

横並びで、一つのベンチには吾市と章司、もう一つのベンチには悦子と幸二が腰掛ける。

○　走るタクシー(夕)

○　駅前（夕）

トランクを閉めて、タクシー、去る。

吾市「さて……」

と駅舎を見る。

章司、スポーツバッグを持ち替え、吾市に近づき、

章司「ありがとうございました」

吾市「見送りますよ」

章司「いいえ、ここで……」

吾市「（悦子に）あなたは？」

悦子「はい、最後まで。フフ」

章司「それは……」

悦子「困ります？　私には私の事情があるの」

幸二「事情？」

悦子「そう、事情」

幸二「事情は事情？」

悦子「そう、その事情」

悦子、歩き出す。章司、吾市、そして幸二も駅舎に向かう。
　吾市、歩きながら、
吾市「(幸二に) 君もね、コウジくんね、家に帰らないと」
幸二「……」
　幸二、歩みを止めない。
吾市「親にはね、用事がなくても顔を見せたり、声を聞かせたりした方がいい」
幸二「(吾市に) 用事って何だよ」
吾市「親のためだけじゃない。コウジくんのため、後悔しないためにもね」
幸二「用事って何だよ。用事があるって言ったろ?」
　幸二、立ち止まって、
幸二「何だよ、分かりもしないで。おれの親のこと知ってるのか? 親父もお袋もグルなんだ。騙したり、怒鳴ったり、ずるくて、大嫌いなんだ」
　通行人が視線を投げかけていく。
章司「止めろ。恥ずかしいから」
幸二「恥ずかしいか?」
章司「帰れ。もう帰れ」

章司、駅舎に向かう。悦子、少し遅れて吾市が続く。
つっ立っている幸二。

○駅構内（夕）
章司、券売機でキップを購入している。
×　×　×
広いホールの、ＡＴＭコーナーを背にして振り返っている吾市。章司の様子を見ながら、
吾市「（呟く）嘘ではなかった。……（目を伏せて）良かった」
×　×　×
改札口のそばに悦子と章司がいる。
章司「ありがとうございました。お元気で」
章司、悦子に軽く頭を下げ、吾市の方を見て会釈をし、改札口を通る。
章司、エスカレーターに向かう。
章司の前を、薄い茶系のサングラスを掛けた高齢の女と、その夫らしき男が半歩遅れて歩いている。男はキャリーバッグを引き、そのバッグの持ち手の隙間に折り畳んだ

紙袋が挟まれている。

それがぽろりと床に落ちる。

章司、それを拾って、

章司「落ちましたよ……」

男、値踏みするように章司を見る。何も言わず、どうでもいい感じで受け取る。女は素知らぬ風に前を向いたままである。

章司、エスカレーターに向かわず、少し離れた階段に向かう。

その始終を見ている悦子。

悦子「あの……」

章司、階段に近づいていく。

悦子「（より大きな声で）良い出会いを……」

章司、振り返る。

悦子「これからですものね」

章司、笑顔になって、

章司「あなたも……」

悦子、笑顔を返す。

章司、頭を下げ、背中を向ける。数歩進んで、また振り返り、
章司「元気でいてください」

悦子「（頷いて）私、病気になりません」

章司「（ン？）……」

悦子「病気になったらチッチがかわいそうだから」

章司、頷き返す。

悦子「私を待ってるんです。玄関に迎えに出てくるんです。いつも悪いなって、寂しくさせて……」

ククッ、と幸二の声。

幸二、照れ臭そうに現れる。改札口と階段の中ほどに立つ章司を見る。

そこに章司の姿はない。

幸二、あれっと、近くの悦子を見る。

そこに悦子の姿はない。

幸二、泣きそうな顔になる。一瞬迷って、すがるように、ＡＴＭコーナーの方を見る。

そこに吾市の姿はない。

精算所の駅員、幸二を見ている。

そこに幸二の姿はない。通りすがるまばらな乗降客。構内放送、出発時刻を知らせている。

（了）

いつもの、あなたと私

あらすじ

大森公司（60）は、ふた月に一度、都会の病院に通っている。ある日の通院の帰り、公司は姉・好子（64）の家に寄る。そこで、来年には父・昭夫の十三回忌と母・たみ江の十七回忌を迎える話になる。また兄・和良（62）から電話があったことを知る。

公司と和良は、たみ江の入院時や昭夫の葬儀で会ったきりで、普段の交流はない。公司も和良も昭夫とは不仲で、若いときに二人とも家を出たが、公司は郷里に戻った。戻らなかった和良を、公司の妻・敦子は「根性あるんだ」と言うが……。

敦子（64）は再婚である。息子の充を連れて公司と結婚した。亡くなった義父・昭夫とはうまくいかない。なぜ公司が自分と結婚をしたのか。再婚に無理があったのではと思うが、「今がいいんじゃないの」と言う充。

その充と公司の関係は、最初のうちは互いに気兼ねしていたが、年月とともにうち解けてきている。

充一家が遊びに来ている日、和良から電話が入る。しかし、公司から話すことはなく、二人の会話は弾まない。

公司には苦い思い出がある。田村こと、デンさんとの思い出である。家を出ていた若い頃、デンさんと一緒にいて救われたと感じたことがある。しかし数年後、公司の職場にデンさんから電話がくるとデンさんの話も聞かず、金の無心だと思って「金ないぞ」と言って電話を切ってしまう。

父・昭夫とは、家庭を持っても、互いに歩み寄ろうとしない関係であった。母・たみ江を大切にしていなかった昭夫に対して公司は不満を抱いていた。また昭夫は、障がいのある子供たちの療育に携わる公司を、「お前が子供らのうんこや小便を始末してるのか」と見下していた。その昭夫も、延命治療を拒み、自宅で死を迎える際には公司に下の世話をしてもらうことになる。

たみ江はそんな父子の関係に心を痛めていたが、死が近づきつつある病床で「生まれてきたしょう」「父さんも、いいとこあるしょう」と父子の仲を取り成そうとするのだった。

公司は兄・和良に会いに行くための手続きをしに旅行代理店に行く。和良に会う理由があるとは思わなかったが、「来年の法事、呼ばないと来られないんだし」と敦子は言い、和良に会うように仕向けるのだった。

登場人物

大森　公司（こうじ）（60）（49）（45）　昭夫の次男
　　　敦子（あつこ）（64）（53）（49）　公司の妻
大森　昭夫（あきお）（90）（86）　公司の父・故人
　　　たみ江（83）　公司の母・故人
西　　充（みつる）（35）（20）　敦子の子
　　　優子（ゆうこ）（33）　充の妻
　　　大介（だいすけ）（4）　充の子
笠井　好子（よしこ）（64）（53）（49）　公司の姉
　　　功（いさお）（65）　好子の夫
　　　まゆみ（38）　好子の娘
大森　和良（かずよし）（62）（47）　公司の兄
瀬木（70）　営繕会社経営
阿部（63）　医師
木野（50）　医師

田村（デンさん）（30）
若い母親
老婆
集金の女性
付き添いの婦人
隣のベッドの婦人
看護師Ⅰ
看護師Ⅱ
看護師Ⅲ

○　大森家・表（深夜）
T『２０１０年』
二階建ての住宅が立ち並んでいる。
その中の一軒に大森家があり、一階の窓のカーテン越しに蛍光スタンドの灯りが洩れている。
瀬木（70）の声「（受話器を通して）公ちゃん、知ってるね。父さんにはずいぶんと世話になったんだ。何度も助けられた。長い付き合いだし、親も同然なんだ」

×　　×　　×

玄関の上の欄間に、大森昭夫の表札が置かれている。

玄関戸の脇には大森公司と敦子、連名の表札が掛かっている。

瀬木の声「母さんだって、自分は切り詰めて、質素にしてな、うちも世話になったが米びつの中まで面倒見てもらった人もいる」

○　同・寝室（深夜）
二つのベッドが窓を頭にして並んでいる。一つには公司（60）、隣には敦子（64）。

公司、空気を送り込むための鼻呼吸マスクをして眠っている。

瀬木の声「よく働いた、父さんも、母さんも。なあ、公ちゃん……公ちゃん、聞いてるか？」

公司の隣のベッドに寝ている敦子、表紙に『水泳指導教本』と書かれた本を抱き、天井に向かって平泳ぎの手のかき方の練習をしている。

隣の仏間の掛け時計が、ボン、と時を知らせる。

昭夫の声「時代はいいかげんだ。そんなもんが変わっても、人の心は変わらん」

○　同・仏間（深夜）

古くて、大きめな仏壇がある。

壁の上部には昭夫とたみ江の遺影。

たみ江の声「人を変えようとしないことだね。いくら言っても直らない」

カチカチと秒を刻む掛け時計。零時三十分である。

○　病院・表

六、七階建ての総合病院。

○診察室・表

循環器内科のプレートが出入り口の横の壁に掲げられている。

○同・内

公司、ポロシャツ姿の医師、阿部（63）に血圧を測られながら、

公司「先生、これ（左手で鼻を包むようにして）、まだしないと駄目ですか？」

阿部「シーパップな。（平然と）死ぬまでだ」

公司「（えぇっと驚いて）……眠れなくて」

阿部、血圧を測り終えると、

阿部「冬になったら、また血圧上がってくるから」

聴診器を公司の胸に当てる。

阿部「……頭に保険をかけていると思えばいい。寿命が延びたというデータもある」

公司、阿部に背中を向ける。

看護師Ⅰ、公司の下着をめくる。

聴診器を当てる阿部。

公司「先生、足のむくみが引かないんです」

阿部、聴診器を外すと、

阿部「どれ、見せなさい」

公司、体を前に戻し、靴を脱ごうとする。

阿部「立って」

公司「(ン？)……」

阿部「(やや強い口調で)そっちで、後ろを向いて」

公司、横の少し広いところで背中を向けて立つ。

阿部「ズボンの裾をめくって」

公司、言われた通りにする。

阿部「もっとズボンの裾を上げて」

と少し身を乗り出す。

阿部「太い足してるな」

公司「むくんでるんです」

阿部「ン？……」

公司「むくんでませんか？」

阿部「うん、むくんでる」

阿部、電子カルテを操作し、

阿部「むくみを取る薬を出しておく」

公司「はい」

椅子に戻る。

阿部、今度は机上のカルテを見る。

阿部「息切れはしないだろ？」

公司「はい、しません」

阿部、公司に顔を向けて、

阿部「塩分を控えなさい」

公司「はい」

阿部「（ニヤッとして）食事、まずくなるけどな」

公司「（笑顔なく）……」

○同・ホール

隅の方の、通路口の横に老人と付き添いの老婦人が立っている。

老婦人の足元にはバッグと紙袋が置かれている。

阿部の声「（やや強い口調で）誰がそんなこと言った？……腎臓も大事に使えば結構もつ」
通路の奥から現れる看護師。老人と付き添いの老婦人に挨拶し、バッグを持つ。
阿部の声「お宅の近くにいい病院ないんだろ？」
看護師、老人と、紙袋を持つ老婦人と共に通路の奥に向かう。
阿部の声「大丈夫だ。遠くから来てる甲斐あるさ」

○　同・表

不満げに病院から出てくる公司。
街路樹が赤や黄に色づいている。
公司、バッグから携帯を取り出す。開くと敦子からのメールが入っている。
敦子の声「この歳になって、こんな勉強ができるなんて……」

○　室内プール

敦子の声「あなたのおかげです。ありがとう。行ってきます」
プールサイドに十人ぐらいの、女性ばかりの一団が輪になっている。
女性指導員が話を終えると次々にプールに入る。

その中に敦子がいる。

○　病院前の歩道

公司の前に小学校低学年の男の子とその妹が、体を丸め、つつき合ってふざけている。

若い母親はその先を歩いている。

公司、腕時計を見る。

○　笠井家・居間と台所

電話をしている好子（64）。

好子「あら、公司、久しぶり。……いまどこ？……寄れない？　私、いるわよ」

○　病院前の歩道

公司「（携帯を耳に当て）うん、少し待たせるけど」

公司の最後の声に被さるように、若い母親、振り返りざま、

母親「早くせ、こら！　なにやってンだ！」

兄と妹、顔を近づけてクスクス笑う。

○　笠井家・居間と台所
　電話をしている好子。
好子「構わないでしょ？　夕食もうちで、一緒に」
公司の声「(受話器を通して) ああ、敦子には知らせておく」

○　同・表 (夕)
　公司の車、停まっている。
　庭に葉の落ちた樹木が数本植わっている。
　隣家の雪囲いをした立派な枝ぶりの樹木が見える。

○　同・居間と台所 (夕)
　居間と台所が一つになっていて、その真ん中にテーブルがある。
　好子、テーブルの、公司の前にコーヒーを差し出し、
好子「そう。自分の体なんだから、納得できないことは聞いた方がいいわよ。通院してると思わなかった」
公司「ふた月に一度だから通ってる」

好子「大変でなければいいけど。病院替えてないんだ」
公司「うん……」
好子「(クスッとして) ……」
灯りを点け、カーテンを閉めに動く。
好子「面白くなさそうね」
公司「(好子を目で追って) 義兄さんは?」
好子「ン? 医者に頼りすぎるのも何だけど、医者もさまざま、相性もあるからね」
公司「……うん」
好子、カーテンを閉め終え、
好子「夕食までには帰ってくるの、感心に」
公司の向かいに座って、
好子「日暮れが早くなると、何となく気持ちが落ち込む」
公司「うん。脳みそもむくんでるんじゃないのか、だって」
好子「誰が? その医者が言ったの?」
公司「言った後、椅子を後ろに引いた」
好子「まずいと思ったんでしょう。先生、冗談にも程がありますよ、って言ってやればいい」

公司「うん。聞かれたことだけ答えてれば良かったのかも。そういう医者もいることだし……」

好子「(いらいらと) 黙ってたんでしょ？　言われっぱなしで情けないな」

公司「……言わなければ良かった」

好子「どうして？　うちにもね、(気まずそうに) 情けないんだから。遊ばれてるの、まだ分からないみたい」

公司「……」

好子「手元から離れたお金は戻ってこないなんて言ってるのに、悩むことないのかな」

公司「(気付いて) ゆとりだね」

好子「どこが？」

公司「……」

好子「欲張って損して、投資なんだって、バカ言ってる」

公司「家に籠ってるよりいいさ」

好子「そう？　そうなの？　負けを楽しむ余裕があるんだわ。ホント、ゆとりね」

公司「……」

話が途切れて、好子、

好子「あなたは毎日、何してるの？」

公司「何って……」

と一瞬、言葉に詰まる。

公司「……保険屋さんが退職金目当てに来て、奥さん、水泳、園芸、パッチワーク、西洋陶芸、盛りだくさん。旦那さん、どうするんですか？　負けてますよ、だって。そんなセールス・トークあるか？」

好子「（笑顔になって）……」

公司「アハハ、ウフフが足りないって、敦子にはそう言われる」

○　大森家・寝室

姿見を見ながらクロールの泳ぎ方をチェックしている敦子。

好子の声「言われるだけいいわよ。私もね、敦子さんと同じ歳だもの分かり合えるとこ多いし、助けられてるけど」

○　笠井家・居間と台所（夕・時間経過）

台所に立つ好子。公司に背中を向けて調理している。

好子「お隣の庭、見た？　きれいにしてるでしょう。時間あるのよ、毎日」

公司「まだ雪囲いしなくていいよ」

好子「そうかな？　寒くなるわよ」

×　　×　　×

サイドボードの上の置き時計、六時になろうとしている。

テーブルの隅に電気鍋など、すきやきの準備ができている。

玄関の方から、

まゆみの声「それが何か？　それってどういう意味です？」

公司、好子、お茶を飲みながら聞き耳を立てている。

まゆみの声「それであなたの気持ちがおさまるのでしたら、あなたのおっしゃる通りですね。私の言った言葉、お気に障ったようですけど」

公司「やるねぇ」

好子「ン？」

公司「あんなだったんだ」

○　同・玄関・内（夜）

まゆみ（38）、携帯を耳に当て、

まゆみ「無用な争いだと思わないのですか？」

もう一方の手でバッグを持って階段を上がろうとする。

好子、居間から顔を出し、

好子「（小声で）まゆみ」

まゆみ、立ち止まる。

好子「公司おじさん、来てるから」

○　同・居間と台所（夜）

まゆみ、居間の扉のそばに姿を見せ、右手を挙げて公司に挨拶すると、すぐに姿を消す。

まゆみの声「冷静に話し合いましょう」

階段を上がっていく音がする。

公司「はっきりしてる」

好子「フフ、敦子さんみたいに優しくないわよ」

公司「……」

　好子、テーブルの真ん中に電気鍋を置く。食器を並べようとする。

好子「父さんの表札、まだ玄関にあるの？」

公司「そのままにしてあるけど。ごみに出せないし……」

好子「そう。でも、もういいんじゃないの？」

○大森家・玄関・表

　欄間に置かれた昭夫の表札。

○同・仏間（十五年前）

　ソファに座って、テーブルに置かれた書物を読む昭夫（86）。

　そのケースの背表紙には『秘録　満洲鐵路警護軍』の文字。

○笠井家・居間と台所（夜）

好子「来年、父さんの十三回忌でしょ。知ってた？」

公司「知ってる」

好子「母さんは十七回忌。ちょうど同じ年になるから一度に済ませたらいいと思って」
公司「うん、それでいいと思う」
好子「敦子さん、何か言ってた？」
公司「特に何も。来年のことだし……」
好子「そうね。敦子さんの立場もあるから、あまり口出しできないけど」

×　×　×

置き時計、七時に近づいている。
夕食の準備はできている。
好子「いつもなら帰ってるのに」
公司「……」
好子「（場をつなぐように）公司、あなた、父さんの言いなりになってたんじゃない？」
公司「ン？……」

○　大森家・仏間（夜・十五年前）
ソファに座っている昭夫（86）。
公司の声「なんでまた。そう見てた？」

昭夫の前のテーブルに、キャスターの付いたお盆型のワゴンに載せた食事を、一皿ずつ並べる公司（45）。

昭夫「彼女はいないのか？」

公司「出掛けてる」

昭夫「お前も大変だな」

公司「……」

昭夫「まあ、お前がこうするのがいいんだ。お前がいればいい」

公司「（ムッとして）父さんがどう思おうと心の中は自由だけど、おれを思い通りにしようとしないでくれ」

昭夫「何を言ってるんだ？」

公司「何を考えようと、思おうと自由だけど、口に出していいことと悪いことがある」

昭夫「おれが何を言った？」

公司「……」

昭夫「……いつ戻れるんだ？　希望すれば、戻してくれるだろう」

公司「そうはいかん」

昭夫「なぜだ？　年寄りがいてもか？　年寄りがいても転勤しなければならなかったか？」

公司「……」

昭夫「勝手なことを……」

　昭夫、箸を手にする。

　公司、去りかける。

昭夫「事務に移れないのか?」

公司「(振り向いて)そういう採用じゃない」

昭夫「そうか。……お前、子供らのうんことか、小便とか、始末するのか?」

公司「するさ、仕事だから」

昭夫「お前がするのか?」

公司「するよ」

昭夫「へェーッ」

　無言で、背中を向ける公司。

　その背中を目で追う昭夫。

好子の声「思いは複雑、一つじゃないわよね。公司もそうじゃない?」

○　病院・外来ホール(十一年前・初診の日)

高齢者用病院で、外来患者はソファに座る昭夫（90）一人である。
昭夫「（小さく）お前、若いとき家に寄りつかなかったが……」
そばに座る公司（49）、痩せて、頬のこけた昭夫をちらりと見る。
昭夫「（独り言のように）温かい家庭を作りたいと言ったことあるか？」
正面のテレビに顔を戻して、公司、
公司「本当にここでいいんだね。老人病院だよ」
昭夫「（無視して）母さんから聞いたことあるが……」
公司、テレビから目を離さない。
昭夫「そんなこと母さんに言って。それがよりどころか……」
やるせなさそうに昭夫を見る公司。

○同・診察室

昭夫の後ろに立つ公司に、白衣姿の木野医師（50）、一瞬困った顔を向ける。
木野「……またどうして？　ここでは手術もできないですし、大きなそちらの病院の方がいいですよ」
公司「行きたがらないものですから。もう三、四ヶ月、そのぐらいになります」

木野「（怪訝そうに昭夫を見て）大森さん」

と口調が改まる。

木野「（ゆっくりと、のぞき込むように）お歳、いくつになりましたか？」

昭夫「（険しい目になって）……」

木野「……（柔らかく）お仕事は、若いとき、何をしてました？」

昭夫「……」

木野「どうしました？」

昭夫「……他人様には言えないことで」

木野「言えないって、どうしてですか？」

昭夫「……」

木野「教えてくれますか？」

昭夫「……ボケてはいない」

木野「……」

○　笠井家・居間と台所（夜・現在）

好子「おかしな人だよ。そう言ってた、母さん」

公司「……」

好子「でも感謝してるのよ。苦労しても報われない人もいるのに……。そうだ、和良から電話あった?」

公司「いや」

好子「そう。電話あったのよ。入院とか手術したとか言ってたけど、どこまで信じていいのか。あなたのとこ、電話なかったんだ」

公司「ない。話すこともないし、全然会ってないし……」

好子「そうだよね。困ったときだけだったからね、電話くるの。どう思ってるのか」

公司「うん……」

好子「……(ちらりと置き時計を見る)」

公司「……」

好子「私たちも、気をつけないとね」

公司「ン?」

好子「父さんのこと。親子って、似るでしょ。まゆみに言われる、口調がけんか腰になるって。フフ、まゆみも私に似たのかも」

○大森家・仏間（十五年前）

テーブルの上に『秘録　満洲鐵路警護軍』とペン皿が置いてある。ペン皿にはボールペンの他に赤い色鉛筆や小さな鋏、さらには肩書きのない昭夫の名刺も入っている。

玄関戸の開閉する音がする。

○笠井家・玄関・内（夜）

公司の靴を見ながら、そろりと靴を脱ぎ、上がり框に一歩を踏み出す功（65）。

○同・居間と台所（夜）

功、入ってくるなり、

好子「手、洗って」

功「久しぶり」

と公司に言って、台所に向かう。

公司「お邪魔してます」

好子「もう、こういうときに限って」

功　「（台所で手を洗いながら）待ってたの？　すまんです」
好子「何言ってるの。早く座って」
功　「連絡くれたら、すぐ帰ってきたのに」
好子「いろいろ話すことあったのよ」
功　「あっ、そう（ニヤッとする）。邪魔だったわけ」
好子「髪の毛までタバコ臭いんだから」
功　「……」

×　　×　　×

功と好子、その向かいに公司とまゆみが座り、鍋をつついて食事をしている。
功　「（好子に）法事ね。で、いつするの？」
公司、功に顔を向ける。
まゆみ「決まってない」
功　「（ニヤッ）……」
好子「何、おかしいの？」
カーラジオから、手を叩いて笑う女性の甲高い声がする。

○　国道（夜）
カーラジオの笑い声。

小雨が降っている。

ヘッドライトを遠目にして走る公司の車。

国道の両側には、民家が点在し、田や畑が広がっている。

○　走る車内（夜）
ワイパーが間欠的に動く。

車に設置の時計、十時を回っている。

カーラジオの話し声。

功、好子、まゆみの声、被さる。

功の声「言われたくないよな、親兄弟のことは」

好子の声「あなたも親なのよ。言われるから」

まゆみの声「二人とも、自分のこと棚に上げて話さない。分かるでしょ？　楽しくない」

ハンドルを握る公司。

フロントガラス越しに、小雨を避けるように体を屈めて歩く老婆の姿が見える。

○　国道（夜）

公司の車、停まっている。

公司の声「どこまで行くの？」

○　走る車内（夜）

老婆、背を丸めて、じっとしている。

公司、笑い声のするラジオの音量を絞る。

公司「同じ方向だから、気にしなくていいから」

老婆「（頭を下げる）……」

膝に置いた風呂敷包みをしっかり握っている。

老婆「（ボソッと）弟のところに行こうと思う」

公司「……」

老婆「体が思うように動かないから、嫁が冷たく当たる」

遠くに街の灯りが見える。

公司「どこの家庭にも、いろいろあるから」

老婆「いつも同じとこ見てる」

公司「はい?……」
老婆「何も話さない。家にいても黙って同じとこ見てるだけだ」
公司「……」

○ 大森家・居間(十五年前)

置き手紙が、テーブルの上に置かれている。

公司(45)、それを手にし、読む。

敦子の声「あなたは、親は捨てられないと言いました。でもあなたには、弱い人、身近な人を大事にしない、私には理解しがたいところがあります」

○ 同・仏間

『秘録　満洲鐵路警護軍』を読む昭夫。
敦子の声「私がそこまで言わせたのでしょうね。私は器用には振る舞えませんが、体の続く限り、できる限りのことはしますので……」

○ 走る車内(夜)

まっすぐ前を見てハンドルを握る公司。
顔を伏せている老婆。

○ 国道（夜）
走る公司の車。対向車が過ぎるとヘッドライトが遠目に変わる。

○ 道路縁（夜）
住宅が立ち並んでいる。
停まっている公司の車、助手席のドアが開いている。
老婆の声「頼むから受け取ってくれ」

○ 車内（夜）
老婆、千円札を公司に握らせる。
公司「だめだって。気持ちだけでいいから」
老婆、車外に出る。公司も出る。

○車外（夜）

老婆の風呂敷包みが解けて、衣服と一緒に貯金通帳と印鑑がこぼれ落ちる。

老婆、開いた助手席のドア近くで、衣服を片手で抱くように持ち、もう一方の手で路上を手探る。

公司、老婆に近づき、体を屈め、通帳と印鑑を見つける。

公司「ちゃんと持ってないと」

と老婆の手に握らせる。

○小都市・駅前通り

まばらな通行人。

シャッターが下りた何軒もの商店。

○大森家・表

公司、窓のアミ戸を外している。

寝室や仏間のアミ戸を壁に立てかけ、裏の方に消える。

敦子、ホースを引いて、窓洗いの準備をする。

敦子「（独り言）そうだよね。そうじゃないとね。お婆さん、お金を受け取ってもらって、気持ちの整理がつくんだよね」

公司、家の角からアミ戸を持って顔を出し、

公司「なにぶつぶつ言ってる？」

敦子「どうして受け取ったんだろうね」

公司「ン？　千円のこと？　どうしてなのか、お婆さんに弱いんだ」

敦子「あなたらしい返事」

○同・居間

電話機の呼び出し音がして、『ただいま電話に出ることができません。ファックスをご利用の方は……』とメッセージが流れるとプツンと電話が切れる。

○同・表

窓ガラスに水滴が流れる。

公司、ワイパーで水をきる。

後ろに控えた敦子、差し出されたワイパーのゴムの汚れを雑巾で拭き、

敦子「早く終わらせないと」

と公司に返す。

敦子「充たちが来るのに」

公司「(手を休めず) 来たっていいでしょう」

敦子「いいに決まってる」

公司「……」

敦子「私はいろいろやることあるの。家の中のこと、あの子らの寝床の準備とか、布団カバーの取り替えとか、掃除とか、段取りを決めてたの」

公司「(ワイパーを差し出す) ……」

敦子「どうして急に窓洗いを言い出すの？　来るの分かってるのに。あなたが気兼ねしないでよ」

公司「(ワイパーを受け取る) ……」

敦子「あなたに合わせてたら、計画性ありそうでないんだから、急に変更したりして。月曜日でも火曜日でもいつでもできるのに、今日は休みだって顔してればいいのよ」

公司「(手を休めず) よく次から次に言葉が出てくるな」

敦子「余裕があるのはいつもあなただけ」

公司「（手を休め）お客さんだ」
　敦子、玄関の方を見る。

○同・玄関・表
　欄間の昭夫の表札、無くなっている。
女性の声「何もいいことないけど、それが嬉しくて」
　玄関戸が開いて、初老の女性がバッグのファスナーを閉めながら出てくる。後から出てくる敦子。
敦子「何よりでしたね」
　敦子と女性、玄関先を離れる。
女性「ありがとうございました」
敦子「ご苦労様です」
　女性、去る。

○同・表
　アミ戸を車庫に運ぶ公司。車庫から出てくると、敦子がいる。

敦子「息子さん、手術、成功したんだって。難しい手術だったみたい」
公司「どこが悪かったの？」
敦子「脳腫瘍だって」
公司「（頷いて）良かったな」
　公司と敦子、また窓に近づく。
敦子「お店やってるんだけど、パートで集金の仕事もしてるのよ。働き者だ」
公司「……」
　ホースを手にして、
公司「家の中のこと、やっていいぞ」
敦子「いいの？」
公司「後は一人でする」
　敦子、窓を見て、
敦子「（明るく）すごく見通しよくなった。こんなにきれいになったことない。何かいいことあるみたい」

○同・仏間

仏壇の隅に二つの数珠入れが置かれている。

敦子、数珠入れに目をとめ、掃除機のスイッチを切る。

数珠入れの一つを開ける敦子。珠の大きい男物の数珠と昭夫とたみ江の、二人並んだ写真が入っている。

写真を少し取り出し、昭夫とたみ江を見て、敦子、

敦子「（呟く）見守ってください……」

○同・表

充（35）の車、停まる。

公司、家の角から現れる。助手席のドアを開け、大介（4）を抱きかかえて車から降ろす。

運転席から充、後部座席から優子（33）、降りてくる。

充「（控え目に）ただいま」
公司「お帰り。お母さん、待ってる。入りなさい」
優子「（明るく）お邪魔します」
公司「どうぞ」

公司、大介と手をつないで玄関に向かう。

充と優子、車から荷物を取り出す。

○　同・居間（夕）

置き時計、三時五十分を示している。

画用紙、色鉛筆、怪獣のフィギュアがテーブルの上や床に散らかっている。

敦子が灯りを点けると、テレビを観ていた充がカーテンを閉めに立つ。

その後を大介が追い、それを優子は目で追う。

○　同・仏間（夕）

カーテンは閉められ、灯りも点いている。

仏壇や遺影を背にしてパソコンのニュース記事を読む公司。

敦子の声「大ちゃん、似合うかな。ばぁばの見立てだから気に入るかな」

○　同・居間（夕）

優子、包装紙を開きながら、

優子「ありがとうございます」
　ポロシャツやシャツを取り出す。

○同・仏間（夕）
　公司の後ろ姿。
　居間から小走りに走る大介の足音がする。
優子の声「可愛い！」
　公司、振り向く。
　開け放たれた引き戸の、廊下に立つ充。
充「お義父さん、電話」

○同・居間と台所（夕）
　公司、受話器を耳にしている。
　後ろでは、充が散らかった遊び用具を片付けている。
　台所には、敦子と大介。
　その手前の食事用テーブルに、優子が食器を並べている。

和良（62）の声「熱出て、風邪だと思って病院に行ったら大学病院紹介されてな。盲腸破れて腹膜炎だったみたいだ。腹のなか洗った」

公司「今は？」

和良の声「元気だ。そっちはどうだ？　敦子さんも、みんな元気か？」

公司「ああ、変わりなくやってる」

和良の声「そりゃ良かった」

公司「……」

和良の声「そうか、それでいいんだ。せがれ、名前、何て言った？　養子にしたのか？」

公司「そういうことはいい……」

和良の声「……」

公司「何？」

和良の声「……元気なら、いいんだ」

公司「……」

和良の声「お前はいいな」

公司「何が？」

和良の声「いや、何……減るのは早いな。何かいい方法ないかと思ってな」

公司「……使わないことだ。金のことなら」
和良の声「そりゃそうだ。できればな」
公司「……」
和良の声「おれは十八までだからな、家にいたの。あまり言えた口じゃないし、お前には、
ありがたいと思わないとな」
公司「……」
和良の声「……聞いてるのか？」

○同・居間（早朝・十五年前）
パジャマ姿で、公司（45）、電話を受けている。
和良（47）の声「聞いてるのか？」

○病院・内（早朝）
公衆電話で話す和良。
和良「母さん、呼吸が止まった」
公司の声「分かったから。すぐ行く」

○　大森家・仏間（早朝）

公司、仏間に入り、隣の寝室の戸をトンと叩く。

公司「父さん」

昭夫の声「おっ」

○　同・寝室（早朝）

公司「（戸口で）母さんの容態が……。いま兄貴から連絡あった。着替えてくれ」

畳まれて、ベッドの足側に置かれたたみ江の布団。

その隣のベッドの昭夫（86）、

昭夫「おっ」

○　同・居間（早朝）

公司、衣服に着替えている。

着替えを終えた敦子（49）、隣の和室から出てくる。

敦子「お義姉さんに知らせないと」

○　笠井家・玄関・表（早朝）

好子（49）の声「（か細い声で）そう。……うん、分かったよ。すぐ向かうから」

○　青く眩しい空

　行き交う車の、街なかの喧騒音。

○　病棟・ホール

　看護師Ⅱ、各病室の戸を閉めて回る。

看護師Ⅲの声「大森さん、動かしますよ」

　病室の戸が開く。一人部屋である。

　たみ江の遺体を載せた搬送用ベッドが看護師Ⅲに引かれてホールに出てくる。

　看護師Ⅱ、ベッドの後部に付く。

　その後に、公司、昭夫、好子、和良、敦子が続く。

○　エレベーター・内

　降下していくエレベーター。

敦子、泣きじゃくっている。
看護師Ⅲ、そっと敦子の肩に手を置く。
公司、昭夫、好子、和良、沈黙している。
看護師Ⅱはいない。

○　霊安室

簡易な祭壇に線香が焚かれている。
たみ江の遺体のそばに敦子が立っている。
看護師Ⅲの姿はない。

好子「(小声で)家族思いの母だった。長患いせずに、私たちのためにね、そう思わないと……」
和良「……そうだな。検査、検査で、痛い思いが続かずにすんだと思えば……」
公司「……」
好子「母さんね、何かあったら公司に頼るでしょう。具合悪いときね、公司を呼んだことあるの。公司はいないのかって。どうしていないんだって。帰ったのかって。敦子さんも知ってる」

敦子、俯いている。

和良「……おれは看取ったからいいんだ」

昭夫「(話を断ち切るように) 車はまだ来ないのか」

公司、答えずにいる。

好子「(公司に) 苦しいとき、困ったときに公司と呼ばれて、一緒に暮らした甲斐あったしょ。きっと最期は公司にそばにいてほしかったと思う。……ねぇ、公司」

目を伏せている公司。

公司の声「母さん、おれにキスしたの覚えてる?」

○ 病室 (夜)

丸椅子に腰掛け、上体を伸ばして話す公司。

公司「兄貴が悪いのに、おれが悪いと勘違いして、おれが泣いて違うと言い張ったら、母さん、おれにキスしたの、覚えてる?」

たみ江「そんなことあったかい?」

公司の顔をじっと見ている。

公司「覚えてないか……」

たみ江「覚えてないな」
公司「もしもし、母さんって、電話に出た母さんに言ったら、公司かい？　今どこにいるの？　って言われた。その声が聞こえたんだね、電話切ったら、そばにいた人に、家出したのか？　って言われた。これも古い話、若い頃の話だけど、覚えてないよね」
たみ江「……明日、誰が来るんだ？」
公司「ン？　誰か会いたい人いる？」
たみ江「いない。（天井を見ながら）やれるだけやったから悔いはない。なぁ、歳を取るのは早いな。困った、大変だとやってた頃が良かった。短い間に、よくやったと思う」
公司「……」
たみ江「何もなかったんだから」
公司「うん」
たみ江「仏壇を買ったときが一番嬉しかった。何度もお店に通って決めたんだ」
公司「……」
たみ江「（公司に顔を向けて）早く帰れ」
公司「まだいい」
たみ江「えらいことになったな」

公司「……」
たみ江「……子供にしてやれ」
公司「ン？　うん……」
たみ江「いつまでもこんなことしてられん。明日は起きないとな」
公司「……」
たみ江「早く帰れ」
公司「うん（ゆっくり立ち上がる）」
　たみ江、公司の動きを目で追いながら、
たみ江「洗面器、椅子の上に置いといてくれ。棚に手が届かないんだ」
公司「うん……」
　潤んだ眼で、公司、顔を横に向ける。

○星々（夜・現在）
　雲間に輝いている。

○大森家・表（夜）

○　同・居間と台所（夜）

公司と敦子、その向かい側に充と大介と優子が座って食事をしている。

笑顔の敦子。

○　同・居間（夜・十五年前）

花布巾で刺し子をしている敦子（49）。

近くに座ってテレビを観ている充（20）。

敦子「（ぽつりと）再婚したのは、やはり無理があったのではと思うときがある」

充、テレビから目を離し、

充「（敦子を見ず）良かったと思うよ」

敦子「（刺し子をしながら）そう思う？」

充「今がいいんじゃないの？」

敦子「……」

○　同・台所（夜）

後ろ姿の敦子。食器を洗っている。

十時を回る置き時計。

○同・寝室（夜）

窓外から、ハクチョウの鳴き声が聞こえる。

公司、鼻呼吸マスクをせずに横向きや、腕枕をしたりして、ベッドに入っている。

ハクチョウの鳴き声、遠ざかる。

敦子、寝室に来る。公司の隣のベッドで、

敦子「充たち、明日の昼食、食べてから帰るって」

と枕元の蛍光スタンドの灯りを消す。

敦子「それ、マスク、付けて寝てよ。寝てればよかったのに」

公司「眠れなくさせてるのはどっちだ。いつまでも布団に入らないから」

敦子「私のせいなら謝らないとね」

公司「……夕食食べていかんのか？」

敦子「ン？　忙しんじゃないの」

公司「そうか、それならいいけど」

○同・表（夜）

寝室の窓に、夜空を見渡す敦子の顔が見える。

敦子の声「いないわよ」
公司の声「本当に聞こえたんだ。群れで鳴いて飛んでた」
敦子の声「夜空にハクチョウ、一度見たことあるけど、低空で飛んできれいだった。でもこんなに遅い時間じゃなかった。遅れて来たのかな？」

○同・寝室（夜）

灯りの消えた薄暗い中で、

公司「疲れてないのか？」
敦子「もう寝る。（布団に入り直して）昨日も寝てるとき、右脚痙攣してたわよ」
公司「知らないよ、眠ってるんだから」
敦子「布団の中で、かさこそ。何だこれって、ピクピクを数えてた。眠れなくさせるのはどっちだ」
公司「……」
敦子「で、お義兄さん、何だったの？」

公司「……どうってことない」

敦子「……」

公司「しばらく話してないし、なかなか会えないからとか、そんなことだ」

敦子「そう」

公司「相変わらず一人らしい」

敦子「（それだけ？　との思いで）……」

沈黙を続ける敦子。

公司「（ぽつりと）会ってもな……」

敦子「ン？　（顔を向ける）」

敦子の視線を避けて、じっと天井に目をやる公司。

○病室（夜・十五年前）

たみ江（83）、窓際のベッドに横になり、そばの丸椅子に公司（45）が座っている。

六人部屋で、たみ江の廊下側と、向かいの真ん中のベッドが空いている。

公司、ふと入り口に目をやる。和良（47）がバッグを片手に入ってくる。

和良、公司に近づくと、

和良「（小声で）おれが来たからもう大丈夫だ。帰っていいぞ」
壁に立てかけられたパイプ椅子を開いて、たみ江のそばに座る。
和良「母さん……」
たみ江、じっと和良の顔を見ている。

○病棟・食堂（夜）
公司、販売機で缶コーヒーを買い、一つを和良に渡す。
窓外を眺める公司と和良。
公司「おれの車で一緒に帰ればいい」
和良「そうか。目印になる物さえ教えてもらえれば何とかなると思ってな」
公司、小振りのバッグから紙包みを取り出す。
公司「ひとまずこれで」
和良「何？」
公司「こっちにいる間、これで何とかなるだろう」
和良「そうか（受け取る）」
公司「返していらん」

和良「（頷いて）おれはどういうわけか、金が必要になると入ってくるんだ」

○　病室（夜）

公司、和良、病室に戻る。

たみ江、ベッドのそばに公司を手招く。

たみ江「サイフ、取ってくれ」

公司、そばの収納箱の引き出しからサイフを取り出し、たみ江に渡そうとする。

たみ江「開けてくれ」

公司、サイフを開ける。一万円と数枚の千円札、そして和良の若い頃の顔写真が入っている。

たみ江「食事して帰れ」

和良、手を振って拒む。

和良「心配いらんから」

と公司の前に出る。

たみ江「……」

和良「心配いらん」

たみ江「……公司」
公司「ン？」
たみ江「布団」
公司「布団？　大丈夫だから。そんなこと心配しなくていい」
たみ江「……早く帰れ。和良を連れてな」
公司「そろそろ帰るから」
たみ江「和良」
和良「何？」
たみ江「行儀良くせ」
和良「分かってる」

○　病室・表（夜）
　病室から出てくる和良。
　同室の患者に頭を下げて出てくる公司。
婦人の声「大森さん、手を振ってるよ」
　公司、振り返り、手を振る。

○病室（夜）

たみ江、入り口の方を見ながら手を振っている。そこに公司の姿はない。

隣のベッドの婦人「もういないよ」

たみ江、手を下ろす。

隣のベッドの婦人「頑張るんだよ」

○走る車内（夜）

助手席に座る和良。

和良「（見下すように）田舎だもんな。列車で来る途中、ポツン、ポツンと家の灯りを見てると、何となく寂しくなるんだよな」

対向車のヘッドライトが過ぎる。

和良「（ぽつりと）兄弟だから」

公司「……」

和良「帰るとこ、お前のところしかないしな」

公司「……母さん、入院するとき、死ぬかもしれないと言ってた」

和良「母さんには、親父から自由になって、長生きしてほしいと思ってた」

公司「ガンは慢性の病気と思ってくださいと」
和良「……医者が言ったのか?」
公司「ああ」
和良「母さんには言ってないんだろ?」
公司「言えない。体調が良くなったら家で過ごしたらどうかと医者は言ってたけど、それも無理だ」
和良「家でなんて、親父、優しくできるのか?」
公司「もう体力も落ちて無理だ」
和良「……」
公司「……親父の世話もあるから」
和良「分かってる。敦子さんも大変だ」

○　病室

T字型のカミソリで、たみ江の顔を軽く剃っている敦子(49)。

たみ江「(じっと敦子を見て)父さんにな、先に逝くから、ゆっくりしてから来いって」
敦子「私からは言えません」

たみ江「いつ死ぬのかな、と思うと、心細くなる。……元気になりたい」
敦子「私も、お義母さんが元気でないと心細くなる」
敦子、剃り終えたたみ江の顔をタオルで拭く。
たみ江「同じなのか。敦子さんがいないと、私が倒れても、父さん一人じゃ何もできないしな」
敦子、ベッドのそばの丸椅子に座る。
たみ江「焼かれたらくねくね動くって。魚が焼かれるみたいに」
たみ江、足元の方のベッドを指さす。
口をあんぐりと開けた老婆が眠っている。
たみ江「ああなったら死んだ方がいい」
敦子、片手で言葉を押しやるようにする。
たみ江「ン？　死んだのか？」
敦子「（小声で）お義母さん」
老婆の付き添いの婦人が、
婦人「いいんですよ」
敦子、頭を下げる。

婦人「……どうしますかと言われてもね」
敦子「はい？」
婦人「いつまでもいられないし。まだ自分で食べられるけど……」
敦子「大変ですね」
　たみ江、ぽつりと、
たみ江「死んだら熱くないか。なに考えてるんだろう」
敦子「……」
たみ江「みんな、良くしてくれる。なあ、敦子さん、他人と思ったら罰が当たるな」

○大森家・居間（深夜）
　和良、喫煙しながらテレビを観ている。

○同・和室（深夜）
　公司と敦子、端の重なった二つの布団に寝ている。
　枕の先の、襖を隔てた居間からテレビの音が聞こえる。

○　同・居間（深夜）

公司、和室から出てくる。後ろ手に襖を閉めて、

公司「寝てくれないか？」

和良「……」

公司「疲れてるから寝てくれないか？」

和良「本当に疲れてたらテレビかけてても眠れるぞ」

公司「寝てくれ」

和良「（嫌味っぽく）まじめだものな」

公司「……」

○　同・和室（深夜）

布団の中でじっとしている敦子。

和良の声「なんでおれの部屋、作っておかなかったのよ。親の援助で……、まあ、いいわ」

○　同・寝室・表（深夜・現在）

灯りの消えた窓。

○同・寝室（深夜）
ベッドの公司と敦子。
鼻マスクをつけた公司、隣の敦子、静かに眠っている。

○同・和室（深夜・十五年前）
眠る公司（45）、敦子（49）。
急に敦子、
敦子「何食べるのよ！」
目覚めて、じっとしている。
公司、その声に目を覚まし敦子を見る。目を閉じている敦子。

○同・居間と台所（夜）
流し台で食器を洗う敦子。
食事用テーブルで湯飲みを手にする公司。

敦子、背中を向けたまま、

敦子「お義父さん、明るく言ってくれればいいのに。気が重くなる」

公司「……」

敦子「ちょっと食事遅れたら、ムッとしてる。食べないかと思えば食べるし、食べるのかと思えば、食わん、と言うし、口がへの字になりそう」

公司「(視線を落として)……」

敦子「この前なんか、食べないから、何か出しましょうか、って言ったら、当たり前だ、って言われた」

公司「(視線を上げて)……」

敦子「お義父さんの食べ物、難しい。気に入ったの、そればかりだし、毎日よ。それでいて、ある日突然、もういらん、だもの、だんだん出す物なくなる」

小さく溜め息をつく公司。

敦子「何だか疲れる。毎日、毎日、お義父さんのペースに合わせて。お金はあるんだ、と言うなら、他人を雇ってやっていけばいいのに。虚しくなる」

公司、そっと立つ。

敦子、気付かずに、

敦子「自分との戦いなんだよね。自分の中にやってあげているんだと思う気持ちがあるから、腹も立つんだよね。お義父さんも、がまんしてることあるだろうけど……」
　敦子、振り返る。
公司、居間のソファに座っている。敦子が水仕事を中断して姿を現すとテレビを点ける。
敦子「どうして逃げるの？」
公司「逃げてない」
敦子「逃げてる」
公司「……」
敦子「黙るの？」
公司「愛情という隠し味が足りないんじゃないか？」
敦子「（呆れて）そういう台詞が出てくるかァ……」

○　同・仏間（夜）
一人用のソファに座って、小型のテレビを観ている昭夫。

○　同・居間（夜）

敦子、ソファの後ろに立ったまま、

敦子「みんないいところあるし、駄目なところもある。私もそうだし」

公司「うん」

敦子「できることなら言葉を交わさない方が平穏でいられる」

公司「うん」

敦子「ああ、そうか、と言う人でないから、気分重くなる。すり減っていく感じがする」

公司「うん」

敦子「お義父さんの……」

公司「（遮って）まだあるのか？」

敦子「もう、夢の中のあなたはいつも優しいのに、なんでこうも違うの？」

テレビからどっと笑い声が起こる。

敦子、公司の脇の、ソファに置かれたテレビのリモコンを手にする。テレビを消して、

敦子「頬が痙攣したことある」

公司「（振り向いて）ン？」

敦子「買い物に行ったら治った」

公司「うん」

と敦子からリモコンを取ろうとする。

敦子、リモコンを後ろ手に持ち、

敦子「お義父さんの気分とか、機嫌とか、こっちには分からない。言うことがころころ変わるし、相手にしないと不機嫌だし」

公司「(背中を向けて)……」

敦子「(背中をつついて)あいつは何も分からん。本でしか物を知らない。あなたに相談してみると言ったら、こうだもの」

公司「おれのことはいい」

敦子「いいわけないでしょう。そうですねって、絶対言えないでしょ。他人は何もしてくれないでしょ、公司さんしかいないでしょ、そう言ったらもうダメ。口もきかない」

○同・仏間(夜)

昭夫、ソファの背に片肘を載せて、居間の方を見ている。

○同・居間と台所(夜)

敦子「お義父さんって、お金と食事と、用足しする人がいればいいんだ。私のこと、自分の自由になると思ってる」

公司「もういい」

台所に向かい、食事用テーブルに着く。

敦子、居間に取り残されて、

敦子「この前なんか、歩いて行ってこいって、掃除なんかいいから、いま買い物に行ってこいって。驚くことばかり」

公司「……電話、使いたかったんだろう」

敦子「電話？」

○同・居間（夕）

一方の手に電話番号が書かれた紙切れを持ち、電話している昭夫。

公司の声「帰ってからではダメなのか？」

昭夫「あのな、銀行員が来てな。どうしようかと思って。……いや、お前でないとな。……ダメだ、お前がいいんだ」

公司の声「とにかく、職場だから、電話は困る」

○ 同じ居間（夜）

昭夫が立っていたところに公司が立ち、電話を受けている。

瀬木の声「よく働いた、父さんも、母さんも。なあ、公ちゃん……公ちゃん、聞いてるか？」

公司「……」

瀬木の声「なあ、親子だろう。話し合うことないのか？」

公司「……」

瀬木の声「公ちゃん、金じゃないんだ」

公司「おじさん、金が目当てで、親父やお袋と暮らしてると思ってるの？」

瀬木の声「いや、父さんから電話あってな」

公司「親父、いろいろ言ってるでしょ？」

瀬木の声「いや、幸せだと。公ちゃん、気にしてたら持たない。うちにも年寄りいたし、自分もそうだ。なあ、分かるだろ？」

○ 同・仏間（夜）

ソファに座ってじっと目を伏せている昭夫。

瀬木の声「みんな死んでいく。いつ死んでもいいと思うが、あとに残る者はあまり気持ちのいいものじゃないな。そんなことも言ってた」

○瀬木家・事務室（夜）

住居とつながっている事務室。

住設機器カタログや見積もりファイルが机上に置かれている。

その机上の電話機で話す瀬木（70）。

瀬木「母さんは、母さんはどうしてる？　父さんに聞いたら病院通いしてるって言ってたが、変わりないんだろう？　……」

×　　×　　×

（フラッシュ）

「洗面器、椅子の上に置いといてくれ。棚に手が届かないんだ」

たみ江の、その姿。

×　　×　　×

瀬木「そっちに行ってから全然会ってないしな」

○　瀬木家・表（夜）

『（有）瀬木住設』と書かれたワンボックスカーが停まっている。錆が目に付く車体、ナンバープレートの地名は旧ナンバーの一文字である。

○　同・事務室（夜）

電話をしている瀬木。

瀬木「父さんに、アパートの修繕頼まれた。余計なこと言うなと釘を刺されて、何も知らせなくていいって言われてもな」

公司の声「おれのことは気にしないで」

瀬木「そう言われてもな。春になったら始めろと言われた」

○　大森家・居間（夜）

公司「春？　そう。……古いアパートだから直しはあると思う」

瀬木の声「そうか。でもな……」

公司「親父は、あまりお金かけたくないと思う」

瀬木の声「いや、金のことばかり考えたらダメだと言われた」

○　瀬木家・事務室（夜）

公司の声「そう、それならそれで、よろしく頼みます。おれが口出すことじゃないし」
瀬木「いや、そうじゃなくて。先のことだし、気が変わらなければいいんだが……（公司の返事なくて）なぁ、これからも公ちゃんには知らせる」

○　大森家・和室（夜）

二つの布団、隅を重ねて敷かれている。

公司、窮屈そうに寝返りを打ち、敦子に背中を向ける。

敦子「お義父さん、哀れに思える。歳取って一人で、寂しくなる。相談する人いなくて、私に似てる。でしょ？」

公司、背中を向けたままである。

敦子「私、死んじゃうわよ。あーあ、一人で暮らした方がいい」

敦子、公司の背中の布団をつつく。

反応しない公司。

敦子「私は家から出られない。あなたに言えない、聞いてもらえないとなると……」

敦子、自分の枕をそっと片手で掴む。

敦子「本当なら、お義母さんが長生きしなくちゃ。（公司を見据えて）お義父さんにはかわいそうだと思うけど」
枕を振りかざす。

○病棟・洗い場
敦子、タオルを洗い、洗面器に水を溜めている。
同室の付き添いの婦人が入ってきて、洗濯機を使いだす。
婦人「親孝行で、優しそうな旦那さんで」
敦子「そうなんです。ありがたいことです」
婦人「うちも次男で、近所の人も次男、そういう人、多いものね。東京のお義兄さん、いいとこに勤めてるんですって？」
敦子「（顔を横向けて）……」
婦人「見てれば分かるんだけど、お婆ちゃん、体調いいときに、いろいろ話してくれた。満州にいるとき、競馬ですってんてんになって、遠くまで歩いて帰って、もうこりごりしたって。楽しいお婆ちゃん」
敦子「……」

婦人「満州で娘さん、亡くしてるんだってね。……お爺ちゃん、家で寂しがってるんじゃ
ない？」
敦子「……」

○大森家・仏間（夜）

公司が仏間の戸を開けると、昭夫、
昭夫「（すかさず）行かないのか？」
公司「ン？」
昭夫「あいつのとこ、行かんのか？」
公司「兄貴が付いてるから」
昭夫「そうか。毎日行かなくていいんだ」
公司「……」
昭夫「おれは行かなくていいか？」
公司「行きたいなら連れていくよ」
昭夫「いや、そうじゃない。周りがどう思うか、変に思わないか？」

○　病室（夜）

公司の次に昭夫が病室に入る。

たみ江のそばにいる和良。昭夫に気付くと顔を逸らして立ち上がる。

昭夫、丸椅子に座って、

昭夫「テレビ、調子悪くてな」

点滴パックが二つ、スタンドにぶら下がっている。

たみ江「……」

○　廊下（夜）

和良、廊下の途中で立ち止まる。公司が近づくと、

和良「なんで親父を連れてきたんだ」

公司「……」

和良、その場を去る。

○　病室・表

○　病室

たみ江のベッドの隣の婦人、足の爪先が黒ずんでいる。
看護師Ⅱがそこに薬を塗布している。
婦人「家を見てきたい。先生に話してみてくれないだろうか？」
看護師Ⅱ「話してみるけど、どうかな」
婦人「一人だから、近所の人が見てくれてるんだけど、どうなってるか……」
敦子、たみ江の体を拭いている。
たみ江「気持ちいいな」
敦子、たみ江の体を横向きにしようとする。
たみ江、敦子の腕に手をやる。
敦子、たみ江に顔を近づける。
たみ江、何やら囁く。
敦子「（小声で）無理しなくていいのに」
たみ江「迷惑かける」
敦子の足元のベッドの端にポータブル・トイレが置かれている。
敦子、たみ江から体を離す。

たみ江「臭うから」
看護師Ⅱ「(二人の会話を察して) 大森さん、遠慮せずにポータブル・トイレ使いなさい」
たみ江「(敦子に) 歩行器、持ってきてくれ」
婦人「いいんだよ、大森さん」
敦子「お義母さん、嫌だろうけど」
たみ江「持ってきてくれ」
と体を起こそうとするが起こせない。
敦子「うん、分かった。持ってくるから」

○ 大森家・洗面所
寝室の隣に、洗面とトイレの部屋がある。
昭夫、その洗面所で、不慣れな手つきでパンツを手洗いしている。

○ 病室 (夕)
ベッドに横たわるたみ江、点滴を受けている。
窓を背にして立つ和良。

その前の丸椅子に座る公司。
たみ江、じっと天井を見ている。
和良、公司の肩に片手を置くと、病室を出ていく。
その姿を見送って、たみ江、
たみ江「和良は優しいとこあるんだ」
たみ江の手の甲や腕、内出血のあとが紫色になっている。
たみ江「あんたたちの立場が悪くなるようなことは言わないよ」
公司、たみ江の手をさすっている。
たみ江「若いもんに負担かける。生きていたって、あんたらのためにならんし、迷惑かけてまで生きていたくないが、人生全うしないと嘘だ。八十まで生きられたらと思ってた。もう死んでもいいんだ。なぁ、でもなぁ、生きていたいと思うもんだ。死ねばどんなに楽かと思うこともあるが……」
公司「(たみ江の顔を見て)……」
たみ江「あんたたちにはな、すまないと思ってる」
公司「なんで?……」
たみ江「子供に手をかける暇はなかった」

公司「そんなこと、誰も何も思ってない」

　たみ江、天井を見続ける。

たみ江「料理も煮たり焼いたりしかできない。よく怒られた」

　公司、たみ江の手をさすり続ける。

たみ江「母さん倒れたとき、和良がそばで、母さん大丈夫かい、って、その声で目を覚ましたら母さんの頭も服も水でびしょびしょだった。和良がひしゃくで水をな。小さかったんだ。いいとこあるんだから」

　俯く公司に顔を向けて、

たみ江「公司が殺されるって、家に飛び込んできたことある。母さん、びっくりして、和良と一緒にあンたを取り返してきた。野球道具、買ってやらなかったからな」

公司「……」

たみ江「嫌なこと言ったか？」

公司「いや……」

たみ江「生まれてきたしょう」

公司「ン？……」

　と顔を上げる。

たみ江「あんた達な。父さん、いいとこあるしょう」
公司「……」
たみ江「なぁ……」
公司「……うん」

○　室内プール（現在）
十人ほどの一団、クロールの練習をしている。右手だけで、次に左手だけで泳ぐ。敦子もいる。

○　大森家・居間（夜）
敦子、絨毯に座って、テーブルに置かれた湯飲みに耳を近づける。テーブルを叩きながら、
敦子「もしもし、もしもし、大丈夫ですか?」
顔を上げて、
敦子「意識がありません。誰か、誰か来てください。そこのあなた（ソファに座る公司を指さし）、一一九番に通報してください。あなたは（宙を指さし）ＡＥＤを持ってきて

ください」

公司、お茶を飲む。

敦子「ねえ、ダミーちゃん、やってくれる?」

公司、立ち上がり、

公司「またトイレ。お茶の時間が多いから」

敦子「幸せじゃん。ねえ、検定試験近いのよ。マウス・ツー・マウスしないから練習させて」

公司、無視してトイレに向かう。

敦子、ソファの背凭れからクッションを取り、それを人体に見立て、お尻を突き出した格好で心肺蘇生の練習をする。

○ 同・寝室（夜）

公司、鼻呼吸マスクを外し、枕元の蛍光スタンドを点ける。

敦子、目を覚まし、公司を見る。

敦子「どうしたの?」

公司「うん、眠れそうにない」

敦子「そう。具合悪いのかと思った」

公司「……」

　敦子も蛍光スタンドを点ける。

敦子「それなら私、勉強しよう」

　と水泳指導教本を手にする。

公司「話していいか？」

敦子「どうぞご自由に」

公司「ふざけてるのか？」

敦子「聞いてるから」

公司「……若い頃の、思い出ってあるよな」

敦子「あるわよ。聞きたい？」

公司「……」

敦子「ごめん」

公司「田村っていうんだけど、おれはデンさんと呼んでた。二つ年上で……」

敦子「……」

○　古いアパート・室内（三十二年前）

汚れた壁の前に、酒箱に段ボールを貼った食器棚がある。登山用のガスコンロや食器類、それに小さなフライパンも置かれている。寝袋が転がっていて、畳の上のマグカップにフィルターを通してコーヒーが落ちている。

公司の声「愚か者ほど荷物が多いなんて……」

○　大森家・寝室（夜）

公司「デンさん、言わなければいいのにあっちこっちでぶつかること言って……」

敦子、本を胸に抱いている。

敦子「いつの頃？」

公司「そんな生き方、世間が認めない、社会が許さない、なんて言う人もいた頃だ」

敦子「ふーん。（小さく）分かんない」

公司「住宅地を歩くと寒いんだよな」

敦子「ふーん。分かんないわ……」

公司「デンさんと出会って、気持ちが楽になった。デンさん、山に入ったら生きていけるんだと」

敦子「ふーん、はじめて聞いた、そんな話。で、そのデンさんという人、いま何してるの？」
公司「知らない。自給自足の生活するって」
敦子「へぇー……」
公司「身軽な人だったのに、結婚したら将来子どもの世話になるからって、立て続けに子どもをもうけた」
敦子「ふーん。変わってるけど必要な人、そのデンさんって、そういう人だった？」
公司「動物行動学の本を読めって」
敦子「関係あるの？」
公司「（無視して）この頃になって……」
敦子「ン？」
公司と敦子、天井を見ている。
敦子、ちらっと公司を見て、
敦子「私も話していい？　ねえ、どうして私と結婚したの？　私だったの？」
公司「ン？　……」
敦子「あなたね、一緒になるときにね、今度、親父とお袋の面倒を見ることになったから一緒に見てくれるか、って言ったでしょ」
公司「言ったか？」
敦子「言ったわよ」
公司「……」
敦子「忘れないわよ。あなたと約束したから、何度か逃げ出したくなったけど……」
公司「……」
敦子「お義父さんを尊敬してるのかと思った」
公司「おれな……」
敦子「恐れてたんじゃない？」
公司「ン？　何？」
敦子「デンさん、どう生きるとか、そういうことは他の生き物に教えてもらえと」
公司「ダメ、話逸らした。都合悪くなるとごまかす」
敦子「そんなことはどうでもいい」
公司「もう、勝手なんだから」
敦子「デンさん……（敦子を見る）」

敦子「聞いてます」
公司「デンさん、詳しいんだ。焚き火するにもおれは適当に焚き木を拾い集めてるだけだけど、火付けにいい木、火持ちのいい木、斜面のどのあたりには何があるとか、東の斜面には、西の斜面には、沢沿いには。もう、うるさいぐらいだ。デンさん、木の幹に抱きついて、すいすい登るんだ」

○　森の中（三十二年前）
樹木の幹に抱きついて、何度も登ろうとするが滑り落ちる田村（30）。手袋をし、手首に汗止め、頭と首にタオル、長袖シャツにズボンに地下足袋、脛にはスパッツを巻き、腰には小振りのナタをぶら下げている。

○　大森家・寝室（夜）
公司「マイタケの匂いがする、ミズナラを探せって言われても分からない。あの木だ、と言われても、あの木がどの木なのか分かりはしない」
敦子「本当にマイタケの匂いが分かるの？　山の中で」
公司「知らない」

敦子「なに、それ？　分かるわけないよね」
公司「デンさんがそう言うんだから、それでいい」
敦子「仲良かったんだ」
公司「……」

○　同・居間（朝）
公司、ソファに座って朝刊を読んでいる。
敦子、絨毯に両手を付いた前屈みの座り方で不動産の広告チラシを見ている。
公司、敦子をちらっと見て、
公司「真剣だな、買うつもりもないのに」
敦子「楽しいんだ」
公司「何が？」
敦子「間取り考えたり、ここに何を置こうか考えたり、紙で椅子を作ったりしてよく遊んだから」
公司「……」
敦子「ノートの隅に鉛筆で書いたりして」

公司「楽しかった？」
敦子「楽しかった。自分の部屋なんてなかったし」
公司「……どんな子供だった？」
敦子「どんなって、……学校に行きたくないって言ったら母にげんこつもらって、涙を拭きながら、はい、はい、って言いながら歩いた。学校に行ったら名前呼ばれるでしょう。だから、はい、はい、って練習しながら」
公司「……他には？」
敦子「小一のとき、時計が読めなかった」

○同・庭
車庫の裏にある庭。
公司と敦子、樹木の雪囲いをしている。
幹の細い、または丈の低い樹木ばかりである。
敦子「ねぇ、あなたは？」
公司「ン？」
敦子「あなたはどうだったの？」

公司「何が?」

敦子「小さいとき、どうだったの?」

公司「おれのことはいい」

敦子「ずるいわね」

公司「……叩かれた、親父に」

敦子「何したの?」

公司「卒園式のとき、みんな前に出て、並んで、おれは、保護者がいる後ろばかり振り返って。……そうしたら親父がいなくて、幼稚園から飛び出した」

敦子「……」

公司「水溜まりの多い道だった。親父の後を追った。追いつけなくて、やっと家に着いて、玄関を開けた途端、叩かれた。親父は、後ろばかり見るおれを恥ずかしく思ったんだろう」

敦子、公司、作業を続ける。

公司「(作業の手を休めず)子供を見下してどうするんだよ」

敦子「(同じく)ン?……」

公司「……考えたことないか」

敦子「何を?……（作業をし続けながら、妙に明るく）私はブス可愛い幼稚園児だった」
公司「……（自分に言い聞かせるように）それでも、怒った顔って結構忘れてる」
敦子「……」
公司「小学校の入学式はうまくいった」
敦子「（素っ気なく）そう」
公司「なっ、そうなるだろう。親父がお袋にそう言った」
敦子「……」
公司「叩かれたらそうなる。どこか自慢げで、子供みたいで。……あのとき、お袋がどこにいたのか記憶にないんだ。リヤカー引いてたのかもしれない。大きな、脚の太い犬を飼っていて、そんなことは覚えてるのに。……ボォーッとした子で……ずっとそうで……」

○アパート・一室（三十五年前・冬）
ハガキが裏返って畳の上に置かれている。鉛筆書きの、細かな、くねった文字が見える。

たみ江の声「公司、元気にしてますか。母さんは辛くなったら、バスで市内を回って来ます」

　窓から見える遠くの青空。

　電車が通過する音。

たみ江の声「この前、お不動さんに行ったら、息子さんは必ず帰ってくるから安心しなさいと言われました。父さんも口に出さないけど心配しています」

○　雪道

　ショールを頭から被ったたみ江、重そうに買い物袋を下げて歩いている。

たみ江の声「足を悪くして、何だか歩けなくなってきました。この前、買い物に行ったら、どこかの奥さんが荷物を持って家まで送ってくれました。母さんは、家のこと父さんのこと、あなたたちのことを思ってやってきました。悪いことはしないように。母さん、顔を見たいです。……さようなら」

○　河川敷の堤防（現在）

　早足に歩く公司。斜め後ろに敦子がいる。

公司「（前を見て）お袋が亡くなったとき、この日をどうしてもっと早くに気付かなかったんだと悔やんだ。ボォーッとしてるんだから」
敦子「うん、あるわよ、悔やむことは誰でもある」
公司「兄貴は最後まで通した」
敦子「何を？」
公司「戻らなかった……」
敦子「……根性あるんだ」
と一、二歩遅れている敦子。
公司「根性か……」
敦子「じゃない？　いや……」
すれ違う自転車の若者を見送って、
敦子「私、分かってない」
公司「お袋の息苦しさってあるけど……」
敦子「そう、なの？」
公司「（無視して）……」
敦子「（公司の横顔を見て）……」
公司「……時間が必要だった」

敦子「仕方ないことあるわよ」

公司「あるのは分かってる」

敦子「……」

公司「人を道具のように使い勝手で、ああだこうだと……」

敦子「ン？　何のこと？」

公司「お袋が何かしてないと親父が不機嫌になる。そんなのありか？」

敦子「頭だけ使っても生きていけないのよ」

公司「うるさい」

敦子「うるさい？」

公司「……嫌だな、家族のことって」

敦子「うーん、よく分からないけど、（視線を落として）お義父さんね、私が草取りして
たら仏間の窓を開けてね、大変だな、ご苦労さんだな、って言ってくれたことある」

公司「だから？」

敦子「（顔を上げて）雲」

公司、空を見る。

白い雲に、公司、興味を示さない。

公司「褒められて、内心ざわついた」
さっさと先を行く。
敦子「ン？」
敦子、公司の後に続く。
公司「兄貴よりいいって褒められた」
敦子「速くない？」
公司「狙われているようで気持ち悪かった」
敦子「もしもし」
公司「（歩みを緩めず）……」
敦子「親子って互いに思い込みがあったりしてね」
公司「意地悪なんだよな」
敦子「……思い込みにしておこう」
公司「（ぽつりと）比較なんかして、おれの方が御しやすいとでも……」
敦子「今日の散歩はここまで。戻ろう。ね？……うーん、いま思うと、お義父さんにもいろんな思いがあったんだろうけど」

○ 病室（夕・十一年前）

一人部屋である。

痩せて、頬のこけた昭夫（90）、上体を起こし、時たま肩で息をしている。鎖骨あたりからカテーテルで栄養を摂っている。

敦子（53）、ベッド脇に立ち、昭夫の背中をさすっている。

昭夫「……ありがとう」

敦子「もういいですか？」

昭夫、深く息を吸う。

昭夫「あんたには、ずいぶんと世話になったな」

敦子「……私こそ（目を伏せる）……」

昭夫「貧乏だったんだ」

敦子「はい？」

昭夫「……」

敦子「……はい」

×　×　×

（インサート）

大正末頃の尋常小学校の卒業写真。

羽織、はかま姿で、階段状に並ぶ多くの子供たち。

昭夫の声「早くに父親を亡くした。……大きくなったら、自分の生まれたところで、町内一の家を建てて、そう思ってた……」

×　×　×

昭夫「公司に嫌がられた。友だちの親の職業を聞くものでな」
敦子、昭夫の背中をゆっくりさする。
昭夫「……戦争もあった」
敦子「(さすり続けて)……」
昭夫「言えないこともある」
敦子「はい」
昭夫「言っても分かりはしない」
敦子「……」
昭夫「すまんと思ってる」
敦子「はい？」
昭夫「あいつが子供らを育ててくれた」

敦子、昭夫の横顔を見ている。

昭夫「どうしようもない」

敦子「何がですか?」

昭夫「あンたらにはできても、おれにはできん」

敦子、昭夫の背中に触れている。

昭夫、深い息を吐く。

昭夫「誰もいやしない」

敦子「いますよ」

昭夫「……」

敦子「お義父さんもご苦労されましたね」

昭夫「(敦子に顔を向けて)……」

敦子「大丈夫ですから……」

○同じ病室

昭夫、普段着になり、ベッドに腰掛けている。

昭夫の前にかがんで向かい合う木野医師。

そばには敦子と好子（53）がいる。

木野「痛かったでしょう」

昭夫「いいえ、痛くなかったです」

木野「ダメですよ、抜いたら。危険ですから」

壁際の輸液スタンド。

昭夫「お世話になりました」

木野「自宅の方がいいですか？」

昭夫「お世話になりました」

木野「いつでも戻ってきていいんですよ」

昭夫「（敦子に顔を向け）カミソリあるか？」

敦子「はい、電気カミソリならあります」

昭夫「覚えといてくれ」

敦子「はい」

昭夫「布団あるか？」

敦子「はい、そのままにしてあります」

昭夫「いくらかかったか聞いてきてくれ」

木野「大森さん、それは後でいいから」
昭夫「好子」
好子「なあに？」
昭夫「そんな返事があるか」
好子「はい」
昭夫「……公司は来ないのか？」
敦子「（身を乗り出して）こちらに向かってますから……」
昭夫「公司に背負ってもらって、タクシーで帰ろうと思ってた」
木野「病院の車、出しますよ」
昭夫「……好子」
好子「はい」
昭夫「あのな、敦子さんな、いい人だってよ」
好子「そうでしょう。いい人でしょ？」
昭夫「おれじゃないぞ。この医者が言ってた」
　好子、申し訳なさそうに木野に頭を下げる。
　木野、頷く。

○　大森家・台所（朝・現在）

公司と敦子、向かい合って食事をしている。おかずには、焼き魚、下ろし生姜と削り鰹節のかかった焼きなす、ほうれん草ともやしのナムル。

公司、醤油差しに手を伸ばす。

敦子「薄くしてるの、分かってる？」

公司、手を戻し、食事を続けて、

公司「今日の予定は？」

敦子「昼から教室。薄味に慣れてよ」

公司「昼からって？」

敦子「一時半から。分かってるの？」

公司、敦子、食事を続けて、

敦子「（ぽつりと）聞いてない」

公司「ン？……」

敦子「知らないわよ」

公司「うん。悪いこともできなければ、良いこともできない」

敦子「ン？　誰が？……」

公司「誰がって、聞く？　感度の鈍い受信機のようになってる」

敦子「バカ言ってないの。お義母さん悲しむわ。生きなければと、生き抜こうと最期まで闘ってたでしょう」

公司「……」

×　×　×

敦子、公司に水の入ったコップを渡し、

敦子「お義母さんからいろんな話聞いた」

公司、数種類の錠剤を服用する。

敦子、食器を重ねながら、

敦子「持ちつ持たれつ、人の世って、世の中ね、そういうものだって」

公司「もたれ合いか……」

敦子「……」

公司「ン？　お袋がそんなこと言ったのか？」

敦子「誰が言おうといいけど、おかげ様、お世話様、お互い様ってね」

公司「……」

敦子「そうじゃない？」

公司「自力って言わなくちゃ、今どきは」
敦子「自力？」
公司「そう、自業自得」
敦子「そうなの？」
公司「（少し突き放すように）そうなの」
敦子「（公司の口調で）そう、ほどほどにね」
公司「……」
敦子「（冷静に）あなたはやることはやったんだから」
公司「ン？　何だよ、今度は」
敦子「法事だって、あなたがしないで誰がするの？」
公司「分かってる」
敦子「そう、それならいいけど、お義父さん、お義母さんに対しても、やることやったんだから、あなたはそれでいいのよ」
公司「……」

○　同・表（十一年前）

公司の車、停まっている。

○同・仏間

昭夫、ソファに座っている。電気カミソリを両手で挟むように持ちながら、

昭夫「(呟く)今日は良かったな……」

○同・居間

好子、ソファに座って公司と敦子を見ている。

公司と敦子、立って話をしている。

敦子「往診はしてないけど毎日顔を出すし、何かあれば夜中でも、朝方でも来ますって」

公司「どうすればいいんだ?」

敦子「ガーゼとか綿とか、水を含ませて、唇を湿らせてあげなさいって」

公司「ン?……」

敦子「……何もしてあげられない、お義父さんの気持ちを尊重するのが、辛いだろうけど一番ですからって、申し訳なさそうに言ってた」

公司「……仕方ない。水も、何も入っていかないんだから」

敦子「でも、食事、用意してくれって……」
　好子、立ち上がって、
好子「そう言ったのよ」
公司「食べられないのに」
好子「うん、でもね（敦子を見る）」
　敦子、目が潤んでいる。
好子「様子見てくる」
　と一、二歩進んで、
好子「（公司に）頼むね。最期だから……」
公司「……」

○同・仏間
パジャマ姿の昭夫、ソファに座っている。

目の前のテーブルには、ご飯、みそ汁、冷や奴、焼き魚が並んでいる。

昭夫、テーブルの隅に置かれたペン皿に片手を置く。手のひらが開いて、その中から大ぶりの印鑑ケースとリングにつながれた小さな鍵が現れる。それをペン皿の中の、肩書きのない名刺の隣に置く。

それから箸を持ち、ゆっくりと焼き魚の身を口に含む。ティッシュの箱に手を伸ばし、その一枚に魚の身を吐き出す。皿に戻す。料理をじっと見て、静かに立ち上がると隣の寝室に向かう。

○同・玄関・表（夜）
欄間の昭夫の表札。

○同・寝室（朝）
ベッドの足側の床に、昭夫、うつ伏せに倒れている。
公司、それを見つけて、
公司「父さん」
昭夫「（力なく）おー」
公司、昭夫を抱き起こす。
昭夫「小便……」
公司、昭夫を向かい合って抱き、後ずさりしながら洗面所に向かう。

○　同・洗面所（朝）
昭夫を便座に座らせる公司。
顔を俯け、片手で手すりを、もう一方の手で公司の腕を握って体を保つ昭夫。

○　同・寝室（夕）
ベッドの昭夫。
公司、カーテンの乱れを直しながら、
公司「父さん、痛みないのか？」
昭夫「ない」
公司「おむつしようか？」
昭夫「しなくていい」
公司、昭夫のベッドから離れる。

○　同・表（夜）
木野、玄関から出てくる。
後から出てくる公司と敦子。

木野、車に乗り、表に立つ公司と敦子に頭を下げる。
お辞儀をして見送る公司と敦子。

○同・寝室（深夜）

薄暗い中、枕元の蛍光スタンドの灯りが公司の顔を照らしている。
公司、隣のベッドの、昭夫の様子を見ている。

○同じ寝室

公司、昭夫を向かい合って抱き、そろりそろりと後ずさりして洗面所に向かう。
昭夫の全身から一気に力が抜ける。

昭夫「（公司の耳元で）もういい」
公司、昭夫をゆっくりとベッドに戻す。

公司「父さん、おむつするから」

昭夫「（薄く目が開いている）……」

公司「おむつするよ」

昭夫「（か細く）すまんな」

公司「慣れてるんだ。何でもない」
昭夫「（目をつぶって）……」

○　大森家・居間（現在）

置き時計、十二時二十分を過ぎている。
水着の上からズボンをはいて、公司に背中を見せる。

敦子「毎日、ごめんね」
公司、ソファから立ち上がって、敦子の肩ひものねじれを直す。
敦子、飛び込み台に上がる動作をし、

敦子「よーい、バァーン」
飛び込む真似をする。

敦子「ねえ、ピッ、ピッ、ピッ、ピーッ、って言って」
公司、それには答えず、ソファに座って敦子を見つめている。

敦子「個人メドレーでしょ。その他に横泳ぎ、潜水潜行、五科目の学科、心肺蘇生の実技もあるのよ。とうとう迫ってきた」

公司「今さら焦っても仕方ないだろう」

敦子「分かってるけど、検定試験、来週末よ」
　敦子、上衣を着て、バッグの中の水泳帽やバスタオルを点検し、水筒を入れる。
公司「あのな……」
　敦子、動きを止めない。
公司「デンさんのこと、話したろう」
敦子「（顔を向けて）デンさん？　まだ話あるの？」
公司「職場に、デンさんから電話があったんだ」

○寄宿舎・表（夜・二十五年前）
　寄宿舎と書かれたプレートが貼ってある。養護学校の寄宿舎の出入り口である。

○同・トイレ・表（夜）
　車椅子が二台、置かれている。
田村の声「（受話器を通して）おれだ」
公司の声「デンさんか？」
田村の声「（誇示するように）ああ、おれだ」

トイレの引き戸が開く。入り口近くの便座に座る子供のだらりと垂れた足が見える。
公司の声「(小声で) 金ないぞ」
田村の声「(口調は変わらず) そうか」
公司の声「……じゃ……」
別の子供を乗せた車椅子が出てくる。

○ 大森家・居間

公司「電話を切った。話も、連絡先も聞かなかった。それっきりだ」
敦子「……」
公司「自分を卑下するような人じゃないけど、……懐かしかったのは本当なんだ」
敦子「(さらりと) それはそれで仕方ない。そうしたんだから」
公司「……」
敦子「でしょ?」
公司「……弱い人、身近な人を大事にしない。それは、……だろ?」
敦子「ン? それは……そういうところもあるってこと」
公司「人並みにお返しの心があれば、そういうことなんだろうな」

敦子「それ、自虐？」
公司「茶化してるのか？」
敦子「全然。ねえ、検定試験、見学しないでよ」
公司「……」
敦子「来てほしくないな」
公司「行かないよ。見学なんてしない」
敦子「良かった」
公司「……」
敦子「じゃ、私、行くわよ」
公司「足手まといとか、お荷物とか……」
敦子「（遮って）変なの」
公司「変？」
敦子「嘘っぽくない？」
公司「何が？　失礼だな」
敦子「デンさんのことは、もう、ね」
公司「……」

敦子「お義兄さんに会ってきたら？」
公司「ン？……」
敦子「引っかかってるんでしょ？　そうなんでしょ？　電話来てからデンさんのこと言い出したりして、変なんだから……」
公司「……何を話していいか分からん」
敦子「ふらっと東京に来た、それでいいじゃない。来年の法事にしても、呼ばないと来られないんだし、互いに歳取ったんだから」
公司「……」
敦子「会っておいで。お義兄さんにしたって、私たちもそうよ、最期の後始末、自分で自分の最期の後始末できる人なんていない。デンさんもそれが分かってるから、違う？　子供をもうけたのも……」
公司「その子供のことで電話来たのかと思うこともある」
敦子「一生引きずる人だね、デンさんって」
公司「本人が病気だとしたら、ありえる」
敦子「もうご先祖様になってたりしてね」
公司「変なこと言うなよ」

敦子「あなたこそ変よ」
公司「……」
敦子「どうするの？」
公司「ン？」
敦子「自業自得で兄弟喧嘩でもしてきたらいいでしょう」
公司「……（ぽつりと）遅れるぞ」
敦子「ン？」
　敦子、置き時計を見て、
敦子「人の都合顧みないんだから……」
　バッグに手を伸ばす。

○　旅行代理店・内
　国内や海外の旅行のパンフレットが何列もの棚に置かれている。

○　室内プール
　二つのレーンを使って飛び込みの練習をしている一団。その中に敦子がいる。二人が同時に飛び込み、プールの中ほどまで進むと、次の二人が飛び込む。

○　旅行代理店・内

公司、いくつもの棚を見て回っている。

敦子の声「（遠くから）大丈夫？」

○　東京（点描・イメージ）

人通りの絶えない駅前の通り。

タクシーの列。

大規模な商店街。

工事中のビルディング。

敦子の声「気をつけてね」

公司の声「……」

敦子の声「聞いてる？」

公司の声「ああ。家にいる方が身の危険を感じる」

敦子の声「あら、失礼しましたね」

公司の声「分かればいいさ」

敦子の声「まったく、もう、自分のことばっかり。聞こえた？」

公司の声「……」

敦子の声「ねぇーッ！……」

公司の声「……」

車窓を流れる、見上げんばかりの高層ビル群。

（了）

作品に登場した書物

『秘録　満洲鐵路警護軍』　編纂　哈爾浜旅史編纂委員会　発行　昭和五十二年十二月八日

『水泳指導教本』第３版　編者　財団法人日本水泳連盟　発行　大修館書店

著者プロフィール

堂 市一（どう いちいち）

1951年生まれ。北海道出身。

シナリオ　それぞれの、夏／いつもの、あなたと私

2021年５月15日　初版第１刷発行

著　者　堂 市一

発行者　瓜谷 綱延

発行所　株式会社文芸社

〒160-0022　東京都新宿区新宿1－10－1

電話　03-5369-3060（代表）

03-5369-2299（販売）

印刷所　株式会社エーヴィスシステムズ

ISBN978-4-286-22608-8